이웃집 공룡 헥스

2

숨은
외계인 찾기

KB199015

이웃집 공룡
헬스 2

글·그림 엘리스 돌런 | 번역 고정아

1판 1쇄 인쇄 | 2025년 01월 06일
1판 1쇄 발행 | 2025년 01월 15일

펴낸이 | 김영곤
프로젝트3팀 | 이장건 김의헌 박예진 박고은 서문혜진 김혜지 이지현 송혜수
아동마케팅팀 | 명인수 양슬기 최유성 손용우 이주은
영업팀 | 변유경 한충희 장철용 강경남 황성진 김도연
해외기획실 | 최연순 홍희정 소은선
제작 | 이영민 권경민 **디자인** | 이찬형

펴낸곳 | (주)북이십일 아울북
출판등록 | 2000년 5월 6일 제406-2003-061호
주소 | (우 10881) 경기도 파주시 회동길 201(문발동)
대표전화 | 031-955-2100
팩스 | 031-955-2122

ISBN 979-11-7117-700-4 (74840)
979-11-7117-698-4 (세트)

다양한 SNS 채널에서 아울북과 올파소의 더 많은 이야기를 만나세요.

인스타그램
@owlbook21

페이스북
@owlbook21

네이버카페
owlbook21

• 제조자명 : (주)북이십일
• 주소 : 경기도 파주시 회동길 201(문발동)
• 전화번호 : 031-955-2100
• 제조연월 : 2025.01
• 제조국명 : 대한민국
• 사용연령 : 5세 이상 어린이 제품

이웃집 공룡 헥스

엘리스 돌런 지음

고정아 옮김

2

숨은
외계인 찾기

아울북

1장
퍼플워줄루

렉스의 생활은 평범한 인간과 다를 게 없어요. 룸메이트와 함께 도시의 아파트에 살면서 근처 초등학교에서 체육 선생님으로 일하고 있죠. 이젠 옷을 왜 입어야 하는지도 알고 있고, 자신에게는 티셔츠와 넥타이가 제일 잘 어울린다고 생각해요. 바삭한 치즈뺑 과자를 토핑으로 올린 라자냐도 만들 수 있답니다. 함께 사

는 룸메이트는 "먹을 만하다." 정도로 평가했지만, 렉스
는 스스로 더할 나위 없이 자랑스러웠어요. 그런데 한
가지 문제가 있어요. 그건 바로 렉스가 평범한 인간이
아니라는 거예요. 렉스는 공룡이에요.

학교 축제를 준비 중인 공룡, 렉스랍니다.

"나는 닭싸움 대회 어른부 담당이야."

렉스가 한 발로 쿵쿵 뛰며 말하자 땅이 흔들렸
어요.

렉스와 가장 친한 인간, 아홉 살 샌드라 셸먼이
커다란 풀통을 내려놓으며 말했어요.

"재미있을 것 같아요! 저도 꼭 가서 구경할게요."

샌드라는 아홉 살이지만 숙련된 미스터리 탐사 요원
이에요. 친구 아니시와 함께 렉스의 정체를 처음 밝혀낸
것도 샌드라였죠. 이제 학교 사람들 모두 렉스가 공룡
이라는 걸 알고 있어요. 하지만 렉스가 학교에서 일한다
는 것에 불만은 별로 없는 것 같아요. 물론 아직 학교가
아닌 바깥세상에 나가려면 변장을 해야 하죠. 공룡이

슈퍼마켓에서 샴푸를 사는 모습이 보이면 쓸데없는 소란이 일 테니까요.

"제 부스 홍보 포스터 좀 봐줄래요?"

샌드라가 커다란 포스터를 들어 올렸어요.

하수구에 악어가?

증거

어떻게 들어왔을까?

함께 찾아봅시다.

풀

"마음에 들어. 그런데 풀을 너무 많이 쓴 거 아냐?"

렉스가 물었어요.

"풀은 원래 듬뿍듬뿍 써야 해요." 샌드라가 말했어요.

"저랑 같이 하수구로 악어 사냥을 갈 사람을 구해야 하

니까요!"

"아니시 있잖아?"

"아니시는 요즘 반려동물 대회를 준비하느라 정신이 없어요. 빅풋 아저씨하고 같이 퍼즐워즐루를 출전시킨 대요. 우리도 구경하러 가요!"

샌드라가 풀통을 주머니에 조심스레 넣고 앞장서자, 렉스는 샌드라를 따라 아니시와 빅풋이 퍼즐워즐루를 단장시키고 있는 테이블로 갔어요.

빅풋은 렉스의 룸메이트인데 원래는 설인이에요.

렉스는 쪼그려 앉아서 신기한 동물을 살펴보았어요.

동물은 무언가 기분이 나쁜 듯 "꾸잉!" 하고 울었어요.

"이게 뭐야?" 렉스가 물었어요.

"기니피그예요." 샌드라가 대답했어요.

"니니피그?" 렉스가 또 물었어요.

렉스는 아직도 어떤 단어들은 발음을 잘 못해요.

"기니피그요." 샌드라가 다시 대답했어요.

"거미피그?"

"기니…… 음, 나중에 알려드릴게요."

샌드라가 렉스 아저씨의 어깨를 토닥였어요.

"얘는 뭐 하는 애야?" 렉스가 물었어요.

"반려동물이에요." 샌드라가 퍼즐워즐루

앞에 쪼그려 앉아서 말했어요.

넘넘 작고
귀엽고 소중해!

렉스는 코를 찡그렸어요. 그리고 적당한 말을 떠올렸어요.

"어디서 약간…… 응가 냄새 안 나?"

아시니가 눈을 동그랗게 떴어요.

"퍼즐워즐루한테서는 향긋한 냄새가 나요!"

렉스는 아직 인간을 완벽하게 이해한 건 아니지만, 자기가 아는 사람 중 가장 똑똑한 샌드라와 아니시가 퍼즐워즐루 앞에서 이렇게 바보가 되는 게 도저히 이해가 되지 않았어요.

"얘는 말도 못 하잖아. 그러면 재미없지 않아? 심지어 나도 말을 하는데." 렉스가 어이없어하면서 말했어요.

"재미없다고요? 퍼즐워즐루는 내 친구예요!" 아니시가 입을 딱 벌리고는 왈칵 화를 냈어요.

"렉스! 다른 사람의 반려동물에게 재미없다거나 응가 냄새가 난다는 식으로 말하면 안 돼!" 사람보다 더 사람 같은 빅풋이 렉스를 나무랐어요.

렉스가 눈치를 보며 대답했어요.

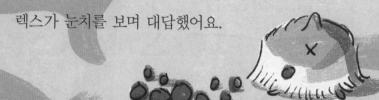

"하지만 진짜로 응가 냄새가 나는걸. 난 그냥 솔직하게 말한 것뿐이야."

"솔직하다고 다 괜찮은 게 아니야."

빅풋의 대답에 렉스는 짧은 두 팔을 벌렸어요.

"선사시대에는 반려동물이 없었어. 내가 아퀼롭스를 보고 '넘넘 귀여워.'라고 했다면 랩터들이 나를 비웃고 아퀼롭스를 잡아먹어 버렸을 거야."

샌드라가 기니피그를 가볍게 긁으며 말했어요.

"아퀼롭스가 퍼즐워즐루처럼 귀여웠다면 랩터도 안 잡아먹었을 거예요. 이제 갈 시간이에요. 네시 아줌마는 오리 사냥 부스를 열고, 도도 아저씨는 햄버거 푸드 트럭을 운영한다고 했어요. 아저씨도 반려동물 대회장에서 마음에 드는 동물을 발견할지 누가 알아요?"

"그럴 수도 있겠지."

하지만 렉스는 별로 그럴 것 같지 않았어요.

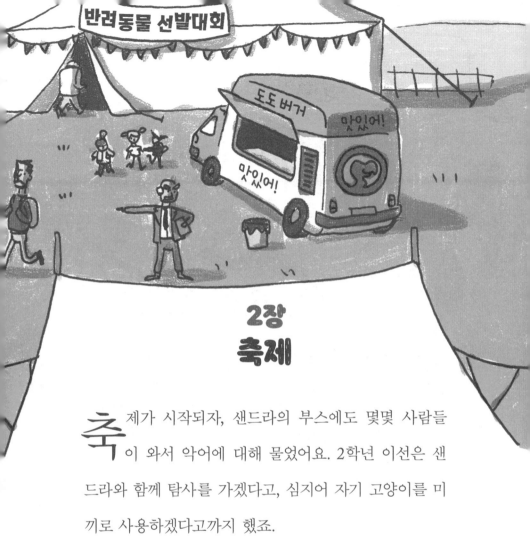

2장
축제

축제가 시작되자, 샌드라의 부스에도 몇몇 사람들이 와서 악어에 대해 물었어요. 2학년 이선은 샌드라와 함께 탐사를 가겠다고, 심지어 자기 고양이를 미끼로 사용하겠다고까지 했죠.

샌드라는 많은 사람들 틈에서 엄마 아빠를 찾아 보았어요. 두 분은 샌드라의 세쌍둥이 남동생 래리, 개리, 배리와 함께 에어바운스 놀이터에 계셨죠. 그런데 그때, 샌드라가 보고 싶지 않은 얼굴들이 나타났어요.

매디는 원래 샌드라의 단짝 친구였어요. 하지만 지난 학기부터 샌드라를 떠나 못된 친구들과 어울리기 시작했죠. 이제 샌드라에게는 더 좋은 친구들이 생겼지만, 매디를 떠올리면 늘 기분이 좋지 않았어요.

"매디! 이게 쟤가 하는 건가 봐!" 해나 파커가 포스터를 가리키며 말했어요.

샌드라에게는 관심도 없다는 듯이 눈길도 주지 않으면서 말이에요.

"할 말 있으면 나한테 직접 말해." 샌드라가 말했어요.

"그러니까 쟤는 하수구에 들어가서 화장실 오물을 다 뒤집어쓰겠다는 거네!" 해나 밀러가 말했어요.

"그런 게 아니라……."

그때, 매디가 샌드라를 보았어요.

"아직도 미스터리 사냥 같은 어린애 짓을 한다니. 괴물 하나로는 부족한가 봐?"

매디가 말하는 '괴물'은 바로 렉스를 가리키는 말이었어요. 지난번 운동회에서 매디는 렉스가 체육 선생님으로 변장한 공룡이라는 걸 알아냈죠. 그리고 동물원에 전화해서 렉스를 잡아가게 했어요. 다행히 렉스는 샌드라의 도움을 받아서 탈출할 수 있었지만요. 렉스는 매디가 농구팀에 꼭 필요한 선수라고 감싸며 그 일을 용서했지만, 샌드라는 그 일을 잊지 않았어요.

"렉스 선생님은 괴물이 아니라 공룡이야. 그리고 그냥 공룡이 아니라 체육 선생님이고, 오늘은 축제에서 닭싸움 대회를 담당하고 있어. 아 맞다, 닭싸움!"

샌드라가 말을 하다가 갑자기 급하게 뛰어가자 매디는 눈을 찌푸렸지만, 샌드라는 신경 쓰지 않았어요. 닭싸움을 보러 가겠다고 렉스 아저씨와 약속했으니까요.

샌드라는 렉스 옆에 끼이익 멈춰 섰어요. 렉스는 열심히 심판을 보고 있었죠.

"어떻게 되고 있어요?" 샌드라가 물었어요.

"제이드의 엄마는 목이 말라서 포기했고, 나디아와 이선의 새아빠는 발목을 삐었어. 그래서 도도와 매디 아빠인 보먼트 씨가 결승전에 올랐어." 렉스가 참가자들에게서 눈을 떼지 않고 말했어요.

"도도 아저씨가 이렇게까지 운동을 잘하는지 몰랐네요." 샌드라가 말했어요.

"도도가 줄곧 보고 싶어 하던 시장님이 시상식에 와서 시상을 한대. 그리고 보먼트 씨는 승부욕이 센 것 같아."

그 순간, 갑자기 렉스가 호루라기를 불고 소리쳤어요.

"보먼트 씨! 발이 땅에 닿았습니다. 도도 씨 승리!"

"야호!"

도도가 경기장 안을 깡충깡충 뛰어다녔어요. 관중들은 도도에게 박수를 보냈죠.

그러자 보먼트 씨가 렉스에게 향했어요.

"인정 못 합니다. 공룡 심판이 자기 친구에게 편파 판정을 했어요!"

"말도 안 돼요! 저는 아주 공정하게 판정했습니다."

"맞아요, 우리 모두 보먼트 씨 발이 땅에 닿는 걸 봤어요! 그만 패배를 인정해요." 오리 사냥 부스에서 대회를 지켜보던 네시가 소리쳤어요.

뭐야 진짜!

"저 말도 믿으면 안 돼요!"

보먼트 씨가 네시를 가리켰어요.

"이 괴물들 말 믿지 마세요. 실제로는 위험한 괴물들이면서 인간으로 변장하고 있는 것뿐이라고요!"

보먼트 씨는 이 말을 끝으로 인상을 확 쓰더니 헤드밴드를 던지고 성난 발걸음으로 쿵쿵 경기장을 나갔어요.

"이건 내가 원한 결말이 아닌데." 렉스가 말했어요.

"아니야. 재미있는 대회였어, 렉스."

도도가 렉스의 팔을 토닥였어요.

"시상식을 기다리는 동안 반려동물 대회장에 가보자. 야호, 드디어 시장님을 만난다!"

샌드라는 렉스와 도도를 따라가면서 매디와 매디 아빠의 일을 아니시에게 얘기해줘야겠다고 생각했어요. 하지만 반려동물 대회장 천막 안에 들어서자마자 그 생각은 바로 머릿속에서 사라졌죠.

"이렇게 많은 기니피그 본 적 있어? 그래도 걱정하지 마. 어차피 우리가 우승할 거니까." 아니시가 퍼즐워즐루 옆에서 샌드라에게 소리쳤어요.

"시장님이 어떤 동물을 1등으로 선택할지 모르지. 난 아직도 구피피그가 뭐가 그리 대단한지 모르겠어."

렉스의 말에 몇몇 기니피그 주인이 렉스를 노려보았어요. 렉스는 눈치채지 못했지만요.

"생긴 게 치즈뺑이랑 비슷한 건 맘에 들어. 하지만 치즈뺑 심사가 더 쉬울 거야. 입에 넣기만 하면 뭐가 맛있는지 바로 알 수 있으니까."

이번엔 온 천막 안의 사람들이 싸늘한 눈빛으로 렉스를 바라보았어요.

3장
시장님

렉스는 실수한 것 같다는 생각이 들었어요.

"렉스 선생님 말은…… 기니피그를 치즈빵처럼 먹고 싶다는 뜻?" 행정과의 혼 선생님이 말했어요.

"지금 얘네를 구피피그라고 한 거예요?" 4학년 나디아가 말했어요.

"밀리, 몰리, 맥을 먹으면 안 돼요!"

나디아와 이선의 새아빠가 기니피그 세 마리가 든 철장 앞으로 몸을 던졌어요.

기니피그들은 어리둥절한 표정이었죠.

"아니에요! 그런 뜻이 아니었어요! 렉스는 온순해요. 렉스가 실수로 먹는 건 남의 샌드위치뿐이에요." 빅풋이 렉스를 변호해 주었어요.

"그리고 어쩌면 치즈빵도. 내가 제일 좋아하는 거니까." 렉스가 말했어요.

25

두두두두두두!

그때, 천막 밖에서 무슨 소리가 났어요.

사람들은 밖에서 들리는 소리가 궁금해서 모두 밖으로 달려 나갔어요. 나디아와 이선의 새아빠는 뭐라고 더 말하고 싶은 것 같았지만요. 소리가 점점 커지자 샌드라도 렉스의 손을 잡고 밖으로 나갔죠. 그리고 가만히 서서 소리가 나는 쪽 하늘을 올려다보았어요.

"뭐가 보이는 거 같아요!"

샌드라가 구름을 가리켰어요.

"와, 엄청 요란한 입장이네요. 헬리콥터 조종사는 몇 살부터 될 수 있어요?" 샌드라가 말했어요.

시장은 오리 사냥 부스 옆에 마련된 무대로 올라가서 교장 선생님과 악수했어요.

"여러분, 안녕하세요! 지미 프리그가 왔습니다!"

시장의 인사에 모두가 환호했어요.

"제가 여기 온 것은……."

시장은 말을 멈추고 주머니에서 쪽지를 꺼내 힐끔거렸어요.

"학교 축제 시상식을 위해서입니다! 자, 트로피는 어디에 있나요?"

시장이 무대를 두리번거리자 교장 선생님이 깜짝 놀랐어요.

"이런, 반려동물 대회장 천막에 두고 왔네요."

그러자 렉스는 정신이 번쩍 들었어요. 반려동물 혐오자의 이미지를 벗고 훌륭한 체육 선생님으로 거듭 날 좋은 기회였어요.

"걱정 마세요, 교장 선생님! 제가 가져오겠습니다!"

렉스는 땅을 쿵쿵 울리며 달려갔어요.

천막 안에 들어가니 기니피그들이 "꾸잉꾸잉" 우는 소리도 나고 응가 냄새도 살짝 났어요. 렉스는 기니피그들에게 "으" 하는 표정을 지어 보이고 트로피들 앞으로 갔어요.

렉스는 수많은 트로피들을 한꺼번에 다 가져갈 수 있다고 생각했어요.

식은 죽 먹기지. 엥?

그런데 렉스가 테이블에
부딪히는 바람에 기니피그 철장들이
바닥에 떨어져서 문들이 딸깍딸깍
열렸어요.
　렉스는 깜짝 놀랐죠.

콰당!

헉!

4장
기니피그는 어디로?

렉스는 자신의 눈을 믿을 수
없었어요. 기니피그들이 모
두 사라져 버린 거예요. 미친 듯
이 천막 안을 찾아보아도
기니피그는 단 한 마리
도 보이지 않았어요.

"렉스 선생님! 왜 이렇게 오래 걸리시나요?"

렉스를 하염없이 기다리던 교장 선생님이 천막에 들어왔고, 곧이어 시장도 천막으로 들어왔어요. 빅풋과 도도도 오고, 모든 부모님과 아이들도 차례로 천막에 들어왔죠.

아니시는 잠시 천막을 둘러보다가 아니시답지 않은 조용한 목소리로 말했어요.

"렉스 아저씨…… 퍼즐위즐루 어디 갔어요?"

렉스는 심장이 덜컹 내려앉았어요. 모든 친구들, 다른 선생님들, 이웃들의 시선이 렉스를 향해 있었거든요. 그러자 뱃속에서 폭풍이라도 일어난 것처럼 속이 뒤틀렸어요.

"무슨 일인지 너무 뻔하지 않아? 저 괴물이 기니피그를 다 잡아먹은 거야. 와작와작!" 매디가 앞으로 나오면서 말했어요.

사람들이 일제히 헉 소리를 냈어요. 렉스는 뭐라고 대답해야 할지 몰라 우물쭈물했어요.

"나는 거미피그 같은 거 안 먹었어요. 털밖에 없잖아요!"

"당연히 발뺌하시겠지! 제가 말했죠? 괴물을 믿으면 안 된다고요." 보먼트 씨가 아직도 땀을 줄줄 흘리며 말했어요.

샌드라가 보먼트 씨 앞으로 나와서 렉스의 앞발을 잡고 소리쳤어요.

"그 어디에도 렉스 선생님이 그런 일을 했다는 증거는 없어요!"

"증거 있어! 기니피그를 먹을 거라고 자기 입으로 말했어! 내가 들었어." 나디아와 이선의 새아빠가 사람들 틈에서 외쳤어요.

"그런 뜻으로 한 말이 아니었어요!" 렉스가 억울해하며 말했어요.

사람들이 수군거렸어요.

렉스는 빅풋이 털을 만지작거리는 걸 보았어요. 빅풋
이 초조할 때 하는 행동이었죠.

"여러분. 기니피그가 모두 사라졌으니 걱정하시는 게
당연하지만, 이 사건은 렉스하고는 아무 상관이 없
어요. 제가 장담합니다." 빅풋이 사람들 앞
에서 손을 들고 말했어요.

"렉스는 훌륭한 젊은이…… 아니 훌
륭한 공룡이에요. 보는 관점에 따라
다를 수도 있지만요." 도도가 깃털
을 세우면서 말했어요.

"딱 괴물이 할 만한 이야기네요!"
보먼트 씨가 반려동물 주인들을 밀치고
나와서 사람들 앞에 섰어요.

"이 괴물들을 믿으면 안 됩
니다. 다 사기꾼이에요!"

"누가 사기꾼이라는 겁니까?"

네시가 지느러미발로 팔짱을
꼈어요.

"누구긴! 바로 당신들 말이야! 누구는 인
명 구조 대원인 척하고, 누구는 체육 교사인 척
하고, 누구는 햄버거집 사장인 척하고 또……!"

보먼트 씨가 빅풋 앞에서 멈췄어요.

"난 프린터 운영팀장이에요!" 빅풋이 팔짱을
끼고 성난 얼굴로 말했어요.

"화내는 것 보세요! 이렇게 변장을 하고 하루 종일 정
체를 속이는 괴물들은 믿으면 안 돼요!" 보먼트 씨가 외
쳤어요.

"모두 우리의 사생활을 위해서예요! 유명
인의 삶이 얼마나 힘든지 당신 같은 일
반 사람은 모를 거예요." 네시가 맞
받아쳤어요.

"길을 비키시오!"

그때, 검은 양복에 선글라스를 낀 덩치 큰 남자 두 명이 사람들을 양옆으로 밀어 길을 냈어요. 그러자 그 사이로 시장이 걸어왔어요.

"분명 무슨 이유가 있을 겁니다. 그나저나 교장 선생님, 시상식은 할 건가요, 말 건가요? 무작정 기다릴 수 없습니다. 저는 아주 바쁘고 중요한 사람이니까요."

시장이 교장 선생님을 보았어요.

보먼트 씨는 보란 듯이 시장 앞에 가서 섰어요.

"시장님, 우리 도시에 사는 모든 사람과 동물의 안전은 보장되어야 합니다. 연약한 반려동물들이 사라졌는데 흉악한 공룡이 거리를 활보하게 두실 겁니까? 아이들에게도 똑같은 일이 벌어지면 어떻게 하시려고요? 그리고 저는 닭싸움 대회 결과에도 이의를 제기하고 싶습니다."

시장은 주머니에서 손수건을 꺼내서 보먼트 씨 이마의 땀을 닦아주었어요.

"곧 위원회를 만들어서 전면적인 조사를 실시하겠습니다."

"저도 위원회 좋아합니다만……."

하지만 이내 시장이 말을 끊었어요.

"그러실 것 같았습니다. 그러면 시민 여러분, 오늘 일
은 여기서 끝냅시다."

시장은 천막 안을 둘러보았어요.

"이만 실례하겠습니다. 경찰서장과의 다트 경기 약속
에 벌써 늦었거든요. 이 손수건은 가지셔도 됩니다."

매디가 사람들 틈을 비집고 나와서 아빠 손을 잡아
당기며 말했어요.

"아빠, 저 괴물을 그냥 두실 거예요?"

보먼트 씨는 얼굴이 빨개졌어요.

"절대로 그럴 수 없지, 아가야!"

보먼트 씨는 다른 학부모들을 향해 돌아섰어요.

"아이들의 안전을 걱정하시는 합리적인 분들이 더 계시다면 저를 따라오세요!"

그러고는 성난 발걸음으로 천막을 나갔어요.

렉스는 걱정스런 눈길로 많은 사람들이 보먼트 씨를 따라나서는 모습을 바라보았어요.

샌드라가 렉스를 보고 말했어요.

"난 저 아저씨 싫어요."

렉스도 고개를 끄덕였어요.

5장
미스터리의 시간

학교 축제가 끝나고 점심을 먹은 뒤 렉스, 빅풋, 샌드라, 아니시는 샌드라의 작은 방에 복닥복닥 모였어요. 샌드라의 부모님이 세쌍둥이를 데리고 유아 체조 수업에 가 있는 동안 빅풋이 샌드라를 돌봐주기로 했거든요.

렉스는 방바닥에 앉아서 발톱을 만지작거렸어요. 아니시는 눈이 빨개진 채 이층 침대에 몸을 웅크리고 있었죠. 샌드라는 아니시와 렉스를 번갈아 보면서 이 문제를 어떻게 해결하는 게 좋을지 생각해 보았어요.

"나한테 화났니?"

렉스가 슬픈 눈으로 아니시를 올려다보았어요.

"트로피를 한 번에 들고 가려다가 실수를 했어. 꽤니피그들이 다 어디로 갔는지 모르겠어."

샌드라는 아니시가 화를 내는 것도 당연하다고 생각

했어요. 퍼즐워즐루가 사라져 버렸으니까요. 동시에 그
게 렉스 잘못이 아니라는 것도 알고 있었죠. 렉스가 실
수한 게 맞다고 해도, 분명 무언가 미스터리한 일이 벌
어지고 있는 것 같았어요.

아니시는 한숨을 내쉬고 렉스를 내려다보았어요.

"화가 나는 게 아니라 슬퍼요."

그리고 두 무릎을 끌어안았어요.

"알아요. 아저씨가 기니피그를 잡아먹지 않았다는 것
말이에요. 매디가 괜히 난리 피운다는 것도요. 하지만
……."

아니시는 다시 한숨을 쉬었어요.

"아저씨는 아직도 실수가 너무 잦아요."

렉스는 자기 발을 내려다보면서 조용히 말했어요.

"내가 한번 알아보면 어떨……."

"반려동물이 뭔지 이해하지도 못하면서 퍼즐워즐루 한테 무슨 일이 생겼는지 어떻게 알아내요? 아저씨한테 이런 중요한 일을 맡길 수 없어요."

아니시는 퉁명스러운 스스로의 말투에 놀랐어요.

렉스는 고개를 돌리고 두 앞발로 얼굴을 감쌌어요.

"매디 아빠 말이 맞을지도 몰라. 나는 사람들 틈에서 살지 말아야 했어."

"땅쟁이 보먼트 씨 말 듣지 마. 네겐 아직 인간 세상이 어렵겠지만, 세상을 이해하는 데는 시간이 필요해. 나도 아직 롤러코스트가 왜 재미있는 건지 이해가 안 되거든." 빅풋이 말했어요.

빅풋이 렉스의 어깨를 토닥였지만, 렉스는 바람 빠진 풍선처럼 기운이 없었어요.

"미안해요, 아저씨가 노력하는 건 알아요. 하지만……
퍼즐워즐루가 너무 보고 싶어요."

아니시는 무릎에 얼굴을 묻었어요.

샌드라가 이층 침대에 올라가서 아니시의 어깨를 감
싸안았어요.

"걱정 마, 아니시. 방법이 있을 거야."

방금 전의 대화가 오가는 동안 샌드라
는 다른 생각을 했거든요.

"누군가 기니피그들을 데려간 게 분명해.
이건 우리가 해결해야 할 미스터리야!"

"정말? 우리가 퍼즐워즐루를 되찾을 수 있을까?"

아니시가 고개를 들었어요.

렉스는 약간 기운이 난
것 같았어요.

"다른 기블리피그
들도?"

"누가 기니피그를 데려갔는지 밝혀내면 렉스의 억울함도 풀 수 있어. 그러면 매디 아빠도 우리를 그만 괴롭힐 거야. 그 사람은 진짜 골칫거리야. 발가락에 느낌이 와. 설인은 발가락이 예민하거든." 빅풋이 털이 북슬북슬한 턱을 긁으며 말했어요.

샌드라는 점점 가슴이 두근거렸어요. 머릿속에 계획이 착착 떠올랐죠.

"빅풋 아저씨 말이 맞아요! 만약 그 도둑이 기니피그에 맛이 들렸다면……."

"맛에 들렸다니?" 아니시가 말했어요.

"미안해. 잘못 말했어! 어쨌건 도둑은 아마 다시 나타날 거야. 우리 동네에 다른 기니피그들은 없나?"

49

"우리 동네 기니피그들은 전부 반려동물 대회에 나갔
……."

말을 하던 아니시의 눈이 커졌어요.

"시내에 있는 동물원에는 많아! 기니피
그 사육장이 있거든."

렉스가 벌떡 일어났어요.

"당장 가보자! 그 니니피그까지 사라지면
안 되잖아. 다 내가 한 줄 알 테니까!"

렉스는 잠시 말을 멈추었다가 다시 말했어요.

"아니시가 퍼즐워즐루를 사랑하는 만큼 걔네
를 사랑하는 사람들도 있을 테니까. 냄새가 아무리 고
약해도."

빅풋은 창밖을 바라보며 눈썹을 찌푸렸어요.

"글쎄, 곧 문 닫을 시간 같은데."

"걱정 마세요, 몰래 들어가면 돼요!"

샌드라가 침대에서 뛰어내렸어요.

"저는 비밀 요원 복장을 하겠어요. 가요!"

그런 뜻으로
한 말이 아니야!

빅풋은 두 손
으로 머리를 감싸
안고 샌드라를 따
라 나갔어요.

6장
동물원에서

동물원은 문을 닫기 직전이었어요. 하지만 멀리서 보면 커다란 양처럼 생긴 빅풋 덕분에 다행히도 무사히 들어갈 수 있었어요.

"반려동물 구역은 저쪽이에요!"

아니시가 한쪽을 가리키며 외쳤어요.

"삼촌이랑 여기 자주 왔었거든요."

반려동물 구역이 가까워지자 렉스의 콧속에 응가 냄새가 느껴졌어요. 우리 안을 들여다보니 기니피그 여러 마리가 상추 더미에 모여 있었죠. 렉스를 보자 기니피그들은 얼어붙었어요. 그 중 한 마리는 "꾸잉!" 하고 날카롭게 울었죠.

"좋아요! 이제 잠복해요!" 샌드라가 주변을 살펴보며 말했어요.

샌드라는 비밀 요원 복장 뿐만 아니라 다른 비밀 장비들도 가지고 왔어요.

"우아! 나도 장비 몇 개만 빌려줄래? 나도 비밀 요원이 되고 싶어." 렉스가 말했어요.

샌드라는 헤드셋을 쓰고 망원경으로 여기저기를 바쁘게 살펴보았어요. 렉스와 아니시는 다른 장비들이 담긴 무거운 가방 세 개를 들고 샌드라를 뒤따라 움직였어요.

아니시는 샌드라의 장비를 살펴보았어요.

"이것들은 다 어디서 났어?"

"할머니가 크리스마스 선물로 주셨어."

샌드라가 망원경을 아니시에게 건네고 야간투시

경을 집어 들었어요. 아직 대낮이었지만요.

"우리 할머니는 정말 최고야."

샌드라는 모두를 이끌고 근처에 있는 염소 창고 뒤에

숨었어요. 그리고 다 함께 몰래 기니

피그들을 살펴보았어요.

"이제 뭐 해?" 렉스가 큰 목소리

로 속삭여 물었어요.

"도둑을 기다려야죠."

샌드라가 렉스에게 쌍안경을 건넸어요.

"도둑을 찾아내면 아저씨에게 잘못이 없다는 걸 밝혀

낼 수 있어요. 잡으면 더 좋고요. 하지만 숨어 있어야 해

요! 도둑이 눈치채면 안 되니까요."

"너무 오래 있을 수는 없어. 일찍

56

돌아가지 않으면 부모님이 걱정하셔. 그런데 이 근처에

커피 파는 곳은 있나?" 빅풋이 옆에 앉으며 말했어요.

하지만 빅풋이 제일 좋아하는 플랫 화이트 커피를 사

러 가기도 전에 신기한 일이 일어났어요.

샌드라는 놀라서 야간투시경을 벗어던졌죠.

"도둑이 나타났어요!" 샌드라가 조용히 외쳤어요.

아니시는 입를 딱 다물고 주먹을 쥐었어요. 우리 안에 있던 기니피그들이 하나둘 하늘로 두둥실 떠오르기 시작했거든요.

"기니피그 잡아가지 마!"

아니시는 벌떡 일어나서 기니피그 우리로 뛰어갔어요. 샌드라가 아니시를 막으려고 했지만 놓쳐버렸죠. 그런데 아니시가 우리 안으로 들어가기도 전에 신기한 일이 또 일어났어요.

"인간이 공중에 뜰 수 있다는 말은 안 해 줬잖아! 뜨는 건 풍선뿐이라며?" 렉스가 빅풋에게 물었어요.

빅풋은 렉스의 물음에 대답하지 않고 곧장 아니시에게 달려갔어요. 아니시는 기니피그들과 함께 하늘로 슈우웅 떠오르고 있었어요.

"아니시, 돌아와! 너희 어머니가 나를 가만두시지 않을 거야!"

빅풋은 설인답지 않은 놀라운 점프력으로 훌쩍 뛰어서 아니시의 발을 잡았어요. 하지만 깜짝 놀랐어요. 아니시를 잡아 내리기는커녕 아니시와 함께 몸이 하늘로 떠오르고 있었으니까요.

렉스와 샌드라는 서로를 바라보았어요. 다시 하늘로 눈길을 돌렸을 땐, 빅풋과 아니시는 이미 사라지고 없었죠.

"이제 어쩌지?"

렉스가 멍한 얼굴로 샌드라를 바라보았어요.

하지만 샌드라는 대답할 수 없었어요. 갑자기 나타난 손들이 샌드라의 어깨를 강하게 잡았거든요. 샌드라와 렉스는 버둥거리며 끌려갔어요.

들어가!

7장
납치!

선글라스를 낀 남자들이 렉스와 샌드라를 동물원 옆에 대기하고 있던 반짝이는 검은색 자동차 뒷좌석에 던지듯이 태웠어요.

렉스는 너무 무서워서 입을 앙다물었어요.

"샌드라, 나를 다시 동물원에 가두려는 걸까?" 렉스가 샌드라에게 조용히 물었어요.

샌드라는 잠시 주변을 둘러보았어요.

"아닌 것 같아요. 이 차는 너무…… 고급 차예요."

렉스는 자신이 앉아 있는 자동차 의자를 살펴보았어요. 가죽이 부드럽고 매끈했죠. 그리고 색을 입힌 유리창 밖으로 펼쳐진 도시의 번화가 풍경이 눈에 들어왔어요. 빅풋이 말해줬던, 관광객이 놀러 오고 아이들이 학교 소풍을 가는 반짝이는 동네였죠.

자동차는 모퉁이를 돌아 지하 주차장으로 들어갔어요. 선글라스를 쓴 남자들이 렉스와 샌드라를 자동차에서 끄집어내서 엘리베이터에 태우더니 훨씬 더 고급스러운 곳으로 데려갔어요. 렉스와 샌드라는 곧 비밀 장비를 빼앗긴 채 긴 복도를 따라 걸었어요.

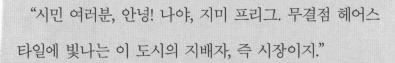

"시민 여러분, 안녕! 나야, 지미 프리그. 무결점 헤어스타일에 빛나는 이 도시의 지배자, 즉 시장이지."

"무골통 헤어스타일요?"

렉스는 시장의 말을 이해하지 못했어요.

샌드라가 두 손으로 책상을 탁 내리쳤어요.

"왜 우리를 납치한 거죠? 아니시, 빅풋, 기니피그는 어떻게 된 거예요?"

그러자 시장도 더 크고 강하게 책상을 손으로 내리쳤어요.

"나는 물건 부수는 걸 좋아해! 이 책상은 잘 부서질 것 같니? 꽃병 같은 걸로 내리쳐 보는 게 어때? 그러면 날카롭고 예쁜 조각들이 산산이 흩어져서……."

시장은 먼 곳을 아련한 눈빛으로 바라보다가 다시 샌드라에게 시선을 돌렸어요.

"어쨌건 너희를 데려온 이유를 말해줄게."

시장은 벽난로 앞으로 걸어가서 그 위에 걸린 자신의 초상화를 올려다보았어요.

"나는 시장이라는 자리가 좋아. 이렇게 훌륭한 집무실도 있고, 멋진 자동차도 있고, 내가 시키는 일은 뭐든지 다 하는 비밀 요원들도 있어. 한 번 보겠니? 대런! 물구나무를 서!"

그러자 선글라스를 쓴 남자 중 한 명이 아무런 대꾸도 없이 완벽하게 물구나무를 섰다가 원래 자세로 돌아왔어요.

"잘했어, 대런! 가장 좋은 건 시민들이 내 말을 따른다는 거야. 이 도시는 내 것이고 나는 이 도시를 내가 원하는 대로 주무를 수 있어. 대런, 나의 눈부신 계획을 소개하도록!" 시장이 말했어요.

"혼란을 피하기 위해 모든 요일을 목요일로 통일한다. 자동차를 모두 아이스크림 트럭으로 교체한다. 프랑스를 사들이는 방안을 살펴본다. 이유는 좋아 보이니까. 내년 봄에 '인간 탄환' 놀이 기구를 선보인다." 대런이 우렁차게 말했어요.

시장은 인간 탄환 모형이 놓인 테이블로 가볍게 걸어가서 두 팔을 넓게 벌렸어요.

렉스는 모형을 보려고 허리를 숙였어요.

"크기가 작네요. 쥐나 벌레들한테나 맞겠어요."

"위험하고 돈도 많이 들어요." 샌드라가 팔짱을 끼고 말했어요.

"맞아!"

시장이 샌드라에게 윙크를 날렸어요.

시장은 책상으로 돌아가서 의자에 털썩 앉았어요. 그리고 샌드라의 엄마가 래리, 개리, 배리에게 말할 때처럼 천천히 말했어요.

"나는 시민들이 나를 원해야만 시장이 될 수 있어. 투표에서 사람들이 나를 찍어줘야 한다는 거지. 그러려면 사람들이 행복하고 모든 게 훌륭하다고 느껴야 해. 그래야 시장인 나도 훌륭하다고 생각할 테니까. 아, 이미 그건 사실이지만. 그런데 너희를 데려온 건 사람들이 지금 행복하지 않기 때문이야. 그 이유를 아니?"

"비가 너무 많이 내려서요?" 렉스가 말했어요.

"공공 기반 시설에 문제가 있으니까요." 샌드라가 말했어요.

"아니야."

시장이 두 발을 책상에 올리고 다리를 꼬았어요.

"이 도시의 기니피그들이 하나도 남김없이 사라져서야! 사람들은 그 이상한 털 짐승을 사랑해. 도대체 왜 그런 거지?"

"저도 이해 안 돼요!" 렉스가 말했어요.

"시민은 너무 감정 편향적이야!"

"감정 뭐요?" 렉스가 물었어요.

"감정 편향적!" 시장이 다시 말했어요.

"사람들은 학교 축제에서 탓할 누군가를 찾아냈어. 자기들과 다른 누군가. 이빨이 크고 발톱이 날카로운 누군가를."

렉스는 공포심에 사로잡혀 날카로운 발톱을 등 뒤로 감추려고 했어요.

시장은 책상에서 걸어 나와 렉스의 코앞에 얼굴을 들이댔어요.

"어쨌건……. 그 땀쟁이 보먼트 말이 맞아. 하루 종일 변장하고 사는 사람은 믿을 수 없지."

시장은 책상 쪽으로 몇 걸음 옮기더니 다시 휙 돌아서서 말했어요.

"내가 그걸 어떻게 알고 있는지 알려줄까? 경호원들은 잠시 나가 있어. 이건 기밀이니까."

렉스는 침을 꿀꺽 삼키고, 시장이 어떤 말을 할지 떨면서 기다렸어요. 하지만 시장은 자기 등 뒤를 더듬을 뿐이었어요.

딸깍

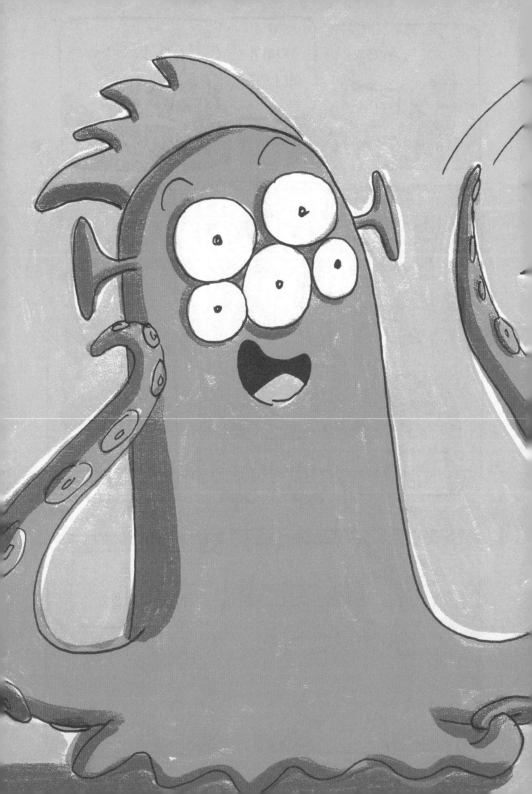

나는 변장한 사람들을 믿으면
안 된다는 걸 잘 알아. 왜냐고?
바로 내가 변장하고 사니까. 그러니까
나는 절대로 믿을 수 없는 사람이야!

8장
린다

렉스는 괴물로 변한 시장을 바라보았어요. 괴물은 렉스를 향해 꿈틀꿈틀 기어 와서 렉스의 어깨에 촉수를 올리고 귓속말을 했죠.

"나는 전혀 신뢰할 만하지 않아. 늘 속임수를 쓰니까. 특히 다트할 때 그렇지."

렉스는 샌드라를 바라봤어요. 그런데 놀랍게도 샌드라는 환하게 웃고 있었어요.

"시장님은 외계인이군요! 저는 전부터 외계인이 있다고 믿어왔어요!" 샌드라가 말했어요.

렉스는 머리가 어지러웠어요.

"당신도 변장을 한 거네요? 나처럼? 빅풋처럼? 네시와 도도처럼?"

외계인은 촉수를 책상 위에 올렸어요.

"안 그러면 사람들이 나를 시장으로 뽑겠어? 이 도시를 차지하려면 이렇게 할 수밖에 없어."

"원래 이름이 뭐예요?" 렉스가 물었어요.

"내 진짜 외계인 이름은 ◎◇▽▨◆야."

렉스와 샌드라는 얼떨떨한 얼굴로 외계인을 보았어요.

"인간 언어로 가장 비슷한 발음은 '린다'야. 그러니 린 다라고 불러."

"여기는 어떻게 왔어요?" 샌드라가 물었어요.

"나는 ❖✚♣♧♫☺ 행성 출신이야. 외계인들은 휴가 때 지구에 자주 와. 지구의 생명체들은 ❖✚♣♧♫☺의 생명체들에 비하면 상당히 야생적이어서 마치 사파리를 여행하는 것 같거든. 외계 행성에서는 언제나 '정확한 일 이 정확한 시간에 정확한 방법으로' 일어나. 그래서 물 건이 깨지거나 소란이 일어나는 일이 없지. 하지만 여기 는 화산도 있고, 호랑이도 있고, 재채기도 있고, 치즈빵 도 있어. 사건들이 끊임없이 벌어지는 매혹적인 화수분 이야!"

그리고 세상에,
손톱깎이라는
것도 있잖아.

"화수목 어쩌고는 모르겠지만 치즈빵은 최고죠." 렉스가 말했어요.

"외계인들은 인간이 너무 거칠고, 우주의 멸종 위기 종이라고 생각해. 하지만 이러건 저러건 인간 일에 끼어들지 않는 게 우리의 황금 규칙이야." 린다가 계속 말했어요.

샌드라가 린다를 보며 눈을 찌푸렸어요.

"시장을 하는 것 자체가 인간 일에 끼어드는 거 아닌가요?"

"아, 나는 규칙 같은 건 안 지키거든. 나도 휴가 때 놀러왔다가 그냥 여기서 계속 살기로 했어. 보통은 지구에 우주선을 착륙시킨 뒤 인간으로 변장하고 일주일 정도만 돌아다녀. 변장도 재미있어. 코스프레 같으니까. 평범한 사람은 외계인의 본모습을 보면 기겁할 걸? 나처럼 눈부신 외모의 외계인을 봐도 말이야."

린다는 자세를 잡고 눈꺼풀을 빠르게 깜박였어요. 샌드라가 웃음을 터뜨렸어요.

"이 도시는 환상적이야! 사람들이 원하는 걸 약속해 주면, 짠! 시장이 되어서 막대한 예산과 멋진 리무진을 손에 넣는 거야. 이러니 내가 고향으로 돌아가고 싶겠어? 절대 깨고 싶지 않은 꿈 같은 거랄까!"

렉스는 린다의 이야기를 이해하려고 해보았어요.

"그런데 왜 우리한테 당신이 외계인이라는 걸 알려주는 거예요? 말 안 했으면 변장했는지 모를 정도로 완벽한 변장이었는데. 빅풋도 못 알아차렸을걸요."

"그게……."

린다는 턱을 두드리더니 지도를 꺼내서 펼쳤어요.

"나는 누가 기니피그들을 납치했는지 알거든. 이걸 봐."

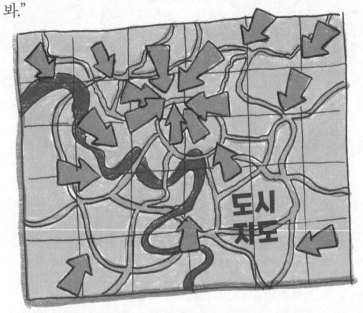

"기니피그 납치는 처음엔 전국 곳곳에서 벌어지다가 점점 이 도시에 가까워지고 있어. 내 고향 행성을 지배하는 '은하 의회'의 소행이지. 그들은 무언가를 찾고 있거든. 어쩌면……."

린다는 말을 멈추더니 불안하게 촉수를 움직였어요.

"그게…… 나일지도 몰라."

"하지만 당신은 피니기그가 아니잖아요. 냄새도 다르고." 렉스가 린다에게 코를 킁킁거리며 말했어요.

그때, 샌드라는 무언가를 깨달았어요.

"아! 알겠어요. 당신 이름 '지미 프리그'는…… '기니피그'와 발음이 비슷해요! 외계인이 헷갈린 거 맞죠?"

린다가 킥킥 웃었어요.

"맞아! 멍청하고 게을러터진 녀석들이 내가 기니피그로 변장하고 있다고 생각해. 그래서 기니피그들을 있는 대로 납치하면서 허탕을 치고 있지. 지금쯤 약이 많이 올라 있을걸?"

"그런데 왜 그렇게까지 하면서 당신을 찾는 거예요?"

"내가 인간 일에 끼어들었다는 사소한 이유도 있겠지만, 내가 은하 의회가 원하는 물건 하나를 가지고 있거든. 어쩌면 그게 없어서 기니피그와 나를 헷갈려하는 것일 수도 있어."

린다는 책상 서랍에서 리모컨을 꺼냈어요. 그리고 리
모컨을 책장을 향해 누르자 책장이 옆으로 물러나면서
온갖 물건이 가득한 선반들이 나타났어요.

"끝내주네요! 이게 다 외계인 물건인가요?"

샌드라가 달려와서 외계인 총 같은 것을 집었어요.

"맞아. 하지만 우주 의회에서 찾는 건 그게 아니야. 바로 이거지." 린다가 샌드라의 손에서 외계인 총 같은 것을 빼내면서 말했어요.

"별로 대단해 보이진 않은데요."
샌드라가 말했어요.

"아니야. 대단해! 이건 〈외계어-
인간어 사전〉이고, 우주 전체에 단
한 권뿐이야. 외계인들한테 인간
언어는 너무 어렵거든."

린다는 책이 보물처럼 소중하게 꼭
붙들었어요.

"하지만 당신의 인간어는 훌륭한걸요. 저는 당신만큼
인간어를 잘하지 못해요!" 렉스가 말했어요.

"맞아요. 당신의 인간어는 매우 훌륭해요." 샌드라가
말했어요.

그때까지 샌드라는 대화에 '화수분'이라는 말을 쓰는
사람을 본 적이 없었으니까요.

"휴가 오면서 이 사전을 가져왔어. 그리고 여기 온 뒤
로 계속 이 책으로 공부해서 이제 내 인간어는 완벽에
가까워. 하지만 이 사전이 없으면 은하 의회는 인간어를

이해하기 힘들 거야."

"인터넷에서 검색하면 안 돼요?" 샌드라가 물었어요.

"외계에는 인터넷이 없어. 사실 외계인들은 인간이 왜 그렇게 휴대폰에 빠져 사는지 이해하지 못해. 최면에 걸린 거라고 생각하기도 하지. 어쨌거나 너희한테 제안할게 있어."

린다는 촉수 두 개를 뻗어서 렉스와 샌드라를 앞으로 당겼어요.

"너희가 이 사전을 의회에 돌려줘. 은하 의회가 원하는 게 바로 이거니까. 사전을 돌려주면 우주선에 가둔 기니피그를 전부 풀어줄 거야. 네 친구들도."

샌드라는 린다의 촉수에서 빠져나오려 몸부림쳤어요.

"직접 갖다주면 되잖아요? 기니피그가 사라져서 사람
들이 슬퍼하는 것도 알면서."

린다는 촉수를 허공에 크게 흔들
었어요.

"내가? 의회는 날 별로 좋아하지 않
아. 어쨌건 나는 갈 수 없어. 시장 일이
너무 바빠서!"

"아까는 다트 놀이 하러 간다고 했잖아
요." 샌드라가 말했어요.

"다트는 중요한 일이야!"

린다가 크고 슬픈 눈으로 렉스를 보
았어요.

"너희는 변장을 해야 해. 우주
선 안에 인간과 공룡은 들어갈
수 없으니까. 인간으로 변장한
외계인으로 변장해야 해. 너 정

부탁이야!

86

도 변장 실력이면 그렇게 어려운 일도 아니야, 렉스."

렉스는 1초도 고민하지 않았어요.

"간단하네요. 변장하고 사는 사람들끼리 돕고 살아야
죠."

렉스가 꼬리로 린다를 꽉 끌어안자 린다는 꽥 소리를
냈어요.

"조심해, 공룡 친구. 나는 뼈가 없단 말야. 이제 사전
을 가지고 우주선으로 출발해. 우주선은 곧 ❖✚♣♧♪♬

행성으로 돌아갈 거고 그러면 너희 친구들과 이상한 반려동물들도 영영 안녕이야."

"너무 이상해요. 고작 사전 하나 때문에 그 많은 동물을 납치한다고요?" 샌드라가 말했어요.

"정말정말 좋은 사전이거든. 꼬맹이 인간 친구."

린다가 입을 삐죽 내밀었어요.

"우주선 찾기는 정말 쉬워. 외계인 단체 관광객을 찾아봐. 모두 인간 관광객으로 변장하고 있겠지만 가끔 변장이 약간 이상할 때가 있거든. 시간대를 착각할 때도 있고, 생물 종을 착각할 때도 있어."

린다는 촉수 한 개로 책상 위를 싹 쓸어내고 그 위로 폴짝 뛰어올랐어요. 그리고 시장 변장 복장을 집어 들고 안으로 꿈틀꿈틀 들어갔죠. 그 모습을 보자 렉스는 속이 메슥거렸어요.

"이제 나가서 이 문제를 해결해! 그리고 나가는 길에 대런에게 꽃병을 몇 개 갖다 달라고 해줘. 뭔가 부술 게 필요하니까."

9장
카페로

렉스와 샌드라를 태웠던 시장의 자동차가 학교 근처의 도로에 멈춰 섰어요. 그리고 렉스와 샌드라를 길가로 내던졌죠.

샌드라는 붐비는 거리를 두리번거리며 눈치를 살폈어요.

"린다가 외계인 단체 관광객을 찾아서 우주선까지 따라가라고 했어요."

"하지만 이 도시에는 관광객이 많아. 누가 외계인 관광객인지 어떻게 알아?" 렉스가 말했어요.

샌드라는 생각해 보았어요.

"린다가 외계인의 인간 변장은 완벽하지 않을 때가 많다고 했잖아요. 인간어 사전도 없으니까 말도 린다보다 더 이상하게 할 거예요. 따라와요, 외계인들이 진정한 인간 체험을 원한다면 어디로 갈지 알 것 같아요."

렉스는 샌드라를 따라 가까운 카페 앞으로 갔어요. 그리고 얼마 후에 인도 전체를 차지하고 수다를 떨면서 다가오는 단체 관광객을 발견했어요.

"봐요, 렉스 아저씨! 저 사람들일 거예요." 샌드라가

렉스의 소매를 당기며 속삭였어요.

"정말이야? 내 눈에는 외계인 같지 않은데?" 렉스가
말했어요.

하지만 샌드라는 이미 그 사람들에게 가까이 다가가
고 있었어요. 렉스는 샌드라를 뒤따라가서 관광 가이드
가 하는 말을 엿들었어요.

"안녕하세요, 신사숙녀 미발달 아메바 여러분! 오늘
밤 우리는 진짜 지구인의 카페 나들이를 합니다. 여기서
는 변기라고 하는 배설물 처리 장치의 시범을 보실 수
있습니다!"

관광객들은 일제히 감탄했어요.

오오오오오오오오오

"여러분께 조금 더 진짜 같은 경험을 안겨드리기 위해서 저는 지금부터 지구 사투리를 사용하겠습니다. 통역이 필요하신 분은 이어폰을 착용해 주십시오. 출입구를 통과한 뒤에 주문대에서 카페인 함유 액체를 주문하시면 됩니다."

"저 사람들을 따라가요!"

샌드라가 렉스의 앞발을 잡고 함께 카페 안으로 들어갔어요.

관광객들은 모두 줄을 서서 커피를 주문했어요. 모두 시끄럽게 떠들면서 진열대의 파니니 빵과 텀블러들을 구경했죠. 블루베리 머핀의 사진을 찍는 사람도 있었어요.

"소의 유즙이 들어간 따뜻한 콩 음료 하나요." '지구♥'라고 새겨진 모자를 쓴 사람이 말했어요.

"저는 소의 유즙이 들어간 콩 음료를 일산화수소로 차갑게 해서 주세요." 카메라를 든 사람이 말했어요.

카페 직원들은 어리둥절한 얼굴로 서로를 바라보았어요.

"단맛이 나는 가루는 어디 있나요?" 카메라를 든 관광객이 물었어요.

"음…… 설탕은 스푼 옆에 있습니다." 카페 직원이 말했어요.

샌드라는 렉스를 바라보았어요.

"저 사람들, 외계인 아닌 것 같아. 저 사람은 설탕을 넣은 아이스 카페라테를 달라는 거고, 그건 인간들에게는 지극히 일상적인 거잖아." 렉스가 말했어요.

샌드라가 눈썹을 치켜올렸어요.

"저 사람 말이 그런 뜻인 거 어떻게 알았어요?"

"딱 들으면 알잖아. 빅풋이 항상 하는 커피 주문보다 복잡하지도 않은걸. 저 사람들이 외계인인 거 확실해?"

"의심스러운 건 분명해요. 증거를 더 찾아봐야겠어요." 샌드라가 말했어요.

외계인 용의자들은 커피를 받아 들고 여러 테이블에 나누어 앉았어요. 샌드라와 렉스는 한 쪽 구석의 푹신한 소파에 몸을 숨기고 듣지 않는 척하면서 귀를 쫑긋 세웠어요.

관광 가이드가 말했어요.

"이제 모두 카페인 함유 액체를 마셨으니 지구인들처럼 고객 여러분 각자의 전자 장치를 확인할 때입니다. 기념품 가게에서 산 게 있다면 지금 꺼내 보십시오."

관광객 한 명이 노트북을 꺼내서 평범한 사람처럼 타이핑을 하기 시작했어요. 렉스는 샌드라에게 "내가 뭐랬어?" 하는 눈길을 보냈죠. 하지만 다시 보니 두 번째 관광객이 전자레인지를 꺼내서 코드를 꽂고 온갖 버튼을 다 눌러대고 있었어요. 세 번째 관광객은 다리미를 꺼내서 테이블 위를 문질렀죠. 이번에는 샌드라가 렉스에게 "내가 뭐랬어요?" 하는 눈길을 보냈어요.

"이제 배설물 처리 장치 시범을 보여드리겠습니다!" 관광 가이드가 말했어요.

관광객 절반이 일어나서 가이드를 따라 카페 뒤쪽의 한 칸짜리 화장실 안으로 비집고 들어갔어요. 그러더니 물 내리는 소리가 나고 "오오오오오오~!" 하는 감탄과 박수 소리가 이어졌어요.

렉스가 샌드라를 바라보았어요.

"그래, 내가 봐도 이상하다. 네 말이 맞는 것 같아."

"정말이라니까요. 저 사람들을 따라 우주선으로 가요. 가서 아니시와 빅풋 아저씨를 찾고, 사전을 돌려주는 거예요. 화장실 관람이 끝나면 출발해요." 샌드라가 말했어요.

10장
빛줄기를 타고

거리의 상점들이 하나둘 문을 닫기 시작할 때쯤, 렉스와 샌드라는 카페를 나와 외계인들을 미행했어요. 그러자 우주선이 기다리고 있는 공원이 나타났죠. 단체 관광객을 따라 빛줄기를 타고 올라가자, 순식간에 우주선 안으로 빨려 들어갔어요.

"와, 이 외계인들, 지구 여행 진짜 재미있어하나 봐."
렉스가 우주선 안을 둘러보면서 말했어요.

"린다가 지구에서 살기로 한 것도 이상한 일은 아니네요."

샌드라가 줄을 서라고 손짓하는 외계인을 따라 걸음을 옮겼어요.

"계획이 필요해요. 우리를 은하 의회로 데려가 줄 만한 높은 사람을 찾아서 사전을 돌려줘야 해요."

"높은 사람을 어떻게 찾아?"

샌드라는 생각해 보았어요.

"멋진 제복에 높은 모자를 쓰고, 어쩌면 멋진 헤어 스타일에 콧수염을 기르고 있지 않을까요? 아, 그리고 우주선에 인간은 들어올 수 없으니까 아저씨는 인간인 척하는 외계인인 척하는 인간인 척하는 공룡이 돼야 해요."

렉스가 이게 무슨 말인지 이해하기도 전에 샌드라와 렉스가 섰던 줄이 어떤 기다란 테이블에 이르렀어요. 테이블 위에서는 컨베이어 벨트가 돌아갔고, 그 위에는 음식이 푸짐하게 담긴 큰 접시들이 놓여 있었죠.

"이거 뷔페야? 나 뷔페 좋아하는데!"

렉스는 작은 앞발로 작은 접시를 하나 집어 들고 손
으로 음식을 집어먹기 시작했어요. 그리고 웃음 띤 얼굴
로 샌드라를 보았어요.

"전에 빅풋이 나를 '무엇이건 마음껏 드세요' 뷔페에
데려갔어. 내 인생 최고의 날이었지. 넌 뭐 먹을래?"

"음······ 그거 말고 다른 거요." 샌드라가 말했어요.

"이건 어때?"

"알레르기가 있을 것 같아요."

"와, 이거 맛있겠다!"

"있잖아요, 아저씨. 저 별로 배가 안 고픈 거 같아요."

렉스는 어깨를 으쓱하더니 음식을 계속 먹었어요.

"이렇게 맛있는 음식을 안 먹겠다니."

샌드라는 음식에서 눈길을 돌려 주변을 둘러보았어요.

"은하 뷔페에 정신이 팔리면 안 돼요, 아저씨. 저희를 은하 의회로 안내해 줄 외계인을 찾아야 해요."

하지만 렉스는 멈출 수 없었어요.

"내가 살던 선사시대가 생각나는 맛이야! 모르고 먹었다면 메갈로돈 초밥인 줄 알았을······."

그런데 주변이 갑자기 조용해졌어요. 렉스 곁에 아무도 없었거든요. 샌드라가 사전을 들고 어느 외계인에게 가고 있었어요. 모자를 쓴 모습이 지위가 높아 보였죠. 그 외계인은 다가오는 샌드라를 보고 소리를 지르면서 촉수를 흔들었고, 그러자 모든 외계인이 샌드라 쪽을 돌아보았어요.

비명을 들은 경비대원들이 뷔페장에 들어와서 샌드라를 붙잡았어요. 그중 하나가 샌드라의 손에서 사전을 낚아챘고, 다른 하나는 샌드라의 목덜미를 살폈어요.

"이 생명체는 외계인이 아니야. 변장의 흔적이 없어. 인간 발견! 인간 규칙 실행. 우주선에서 방출하라!"

우주인들이 샌드라를 벽에 있는 문으로 끌고 갔어요.

"저는 은하 의회에 사전을 돌려 주러 왔어요!" 샌드라가 외계인들의 촉수를 뿌리치려고 팔다리를 버둥거리면서 말했어요.

렉스는 샌드라가 지구로 떨어지는 걸 막기 위해 무언가 해야 했어요. 그래서 음식을 한 움큼 집어 들었죠.

경비대원들은 그 자리에 얼어붙었지만, 관광객들은
렉스의 이런 행동에 재미난 생각이 떠오른 것 같았어요.

렉스도 이제 막 푸드 파이트가 재미있어지려고 할 때, 누군가의 커다란 목소리가 울렸어요.

"이게 무슨 일이야? 질서 있는 휴가는 어디 갔지!"

순간, 외계인들이 얼어붙었어요.

렉스가 목소리가 나는 쪽을 돌아보니 그곳엔 정말로 지위가 높아 보이는 외계인이 있었어요.

"◈◑▽☎⊤◉✆♪✖✛◌▨⊤◆✳!"

샌드라의 발목을 붙잡으려 안간힘을 쓰고 있는 경비대원이 말했어요.

"인간어로 말해라. 능숙해지려면 연습을 해야 하니까." 높은 외계인이 말했어요.

"존경하는 머치페이퍼 의원님! 저 외계인이 푸트 파이트를 시작했습니다!"

경비대원이 렉스를 가리켰어요. 렉스는 순진한 표정으로 주변을 둘러보았어요.

"그리고 우주선에 인간이 침입했습니다!"

108

그러고는 샌드라의 한쪽 다리를 들어 올렸어요.

"이 인간이 사전을 갖고 있었습니다! 이제 막 추방하려던 참입니다."

머치페이퍼 의원은 사전을 보자마자 자기도 모르게 무릎을 탁 쳤어요.

"사전을 되찾았다! 추방을 중단해! 저 인간을 의장님께 데려가야겠다! 푸드 파이트를 일으킨 자도 함께 말이다. 이런 난장판을 만든 죄로 벌을 내려야 하니까."

경비대원은 렉스에게 달려가더니 꼬리를 잡고 뷔페장 밖으로 끌어당겼어요.

"디저트는 먹고 가게 해주세요!" 렉스가 소리쳤어요.

11장
팬시 팬츠

샌드라와 렉스는 경비대에게 이끌려 우주선 안을 이동했어요. 이윽고 커다란 문 앞에 도착했죠. 문이 스르르 열리자 놀라운 광경이 눈앞에 펼쳐졌어요.

경비대는 렉스를 그 방 한켠으로 끌고 갔어요. 샌드라는 아주아주 큰 외계인 앞으로 끌려갔죠. 머치페이퍼 의원은 커다란 외계인에게 사전을 건네며 절을 했어요. 그러자 커다란 외계인은 기뻐하며 촉수를 흔들었어요.

"인간아! 두려움으로 떨지어다. 나는 은하 의회의 반짝반짝 눈부신 의장 ◆❶▽☎〒㊦◗☺♪✖다!"

샌드라는 의장을 바라보았어요.

"이름이 뭐라고요?"

큰 외계인이 한숨을 쉬더니 사전을 뒤적였어요.

"인간어로 가장 비슷한 말은…… '팬시 팬츠'야!"

샌드라는 웃음을 삼켰어요. '팬시 팬츠'란 '잘난 척하는 멋쟁이'라는 뜻이었으니까요.

"왜 웃지?" 팬시 팬츠가 말했어요.

"아, 아니에요, 팬시 팬츠." 샌드라가 말했어요.

"인간! 이게 어떻게 네 손에 있던 거지?"

큰 외계인이 사전을 흔들었어요.

"린다의 부탁으로 돌려주러 온 건데, 당신이 이렇게

무례할 거라고는 알려주지 않았어요!"

외계인들이 모두 깜짝 놀랐어요. 팬시 팬츠는 어찌나 주먹을 꽉 쥐었는지 주먹이 보랏빛이 될 정도였어요.

"내 앞에서 그 이름 꺼내지 마! 사전을 훔쳐 가서 지구에 허가 없이 체류하는 범죄자니까. 내게 가시 돋친 말들도 남겼지. 린다의 마지막 크롭 서클을 가져와."

"크롭 서클이요?" 샌드라가 물었어요.

"외계인이 메시지를 보내는 방법이야."

크롭 서클은 들판에 새겨진 그림인데 엄청나게 커서 하늘에서만 보이는 것을 가리켜요.

팬시 팬츠는 어느 들판의 사진을 소리 내서 읽었어요.

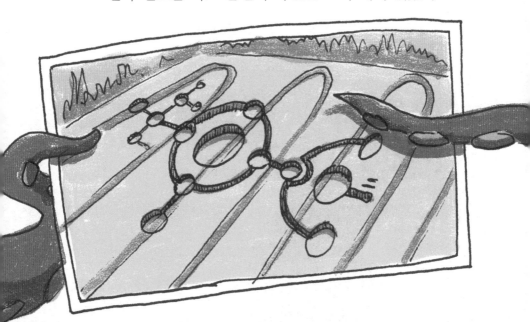

바보 같은 외계인에게.

나 린다야! 내가 지금 지구에 살고 있다는 걸 알려줘야겠어.

팬시 팬츠, 너는 학창 시절부터 나를 괴롭혔지. 이제 더 이상 내 일에 참견하지 말고, 나를 향한 관심 따위는 배설용 튜브에나 넣으렴! 나는 지미 프리그가 되어서 네가 흉내도 못 낼 만큼 훌륭한 인생을 살고 있으니까.

안녕, 끈끈한 촉수쟁이!

*추신 : 모르고 있는 것 같아서 얘기해주는데, 너 웃을 때 끈끈한 점액이 나와.

"너무 무례한데." 렉스가 말했어요.

렉스의 말을 듣고 옆에 있던 경비대원이 촉수로 렉스를 툭 때렸어요.

"나 웃을 때 점액 안 나와! 난 웃지 않으니까."

팬시 팬츠가 기침과 함께 큰 모자를 고쳐 쓰

며 소리쳤어요.

"린다는 은하법을 어겼으니 벌을 받아야 해! 무슨 수를 써서라도 잡고야 말 거라고! 하지만 멍청한 린다가 내게 힌트를 주었어. 자기가 뭘로 변장했는지 알려줬잖아. 그러니까 나는 지미 프리그만 잡으면 돼. 그런데 온 지구를 뒤졌는데도 아직 린다를 잡지 못했어. 왜 린다가 배설물 냄새 나는 털 짐승으로 변장하고 인간들 속에서 사는 건지 이해가 안 되지만, 곧 내 손에 붙잡힐 거라는 건 확실해."

"그게 아니에요. 팬시 팬츠, 당신이 헛다리 짚고 있는 거라고요. 린다는 자기가 '지미 프리그'라고 했잖아요. 그건 인간의 이름이에요. 당신이 그걸 '기니피그'라고 잘못 이해한 거죠. 기니피그는 털 짐승이에요." 샌드라가 한숨을 쉬며 말했어요.

115

팬시 팬츠는 이마를 잔뜩 찌푸리고 샌드라를 노려보
았어요.

"감히 내가 틀렸다고 말하는 거야? 이걸 봐……."

팬시 팬츠가 사전을 넘기다가 멈추었어요.

"아, 맞네……. 사전에 '기니피그'라고 되어 있어. 난 분
명히……."

팬시 팬츠가 다른 의원들을 둘러보았어요. 한 의원은
웃음을 참고 있었어요.

팬시 팬츠는 부끄러움에 얼굴이 빨개졌지만, 곧 사전을 꽉 움켜잡았어요. 조금 전보다 훨씬 더 화가 난 것 같았죠.

"린다를 잡으면 최소 3천 년 동안 명왕성 청소를 시키고, 평생 지구에 접근을 금지시킬 거야! 그리고 린다와 친한 년, 나와는 원수인 셈이지!"

팬시 팬츠가 샌드라를 가리켰어요.

"경비대! 이 인간을 다른 지미 프리그들과 지구 생명체들이 있는 곳에 가둬. 나중에 처리하겠어. 이제 뷔페 난동범을 데려와!"

12장
과자 좋아

렉스는 끌려 나가는 샌드라에게 손을 흔들려고 했지만, 경비대에게 이끌려 팬시 팬츠 앞으로 갔어요.

거대 외계인은 렉스에게 얼굴을 가까이 대고 말했어요.

"◈◐▽♧〒〒◓☺♪✖✚○▨〒◆✳◈◐▽♧〒〒◓♪✖✚○▨〒◆✳?!"

렉스는 입을 약간 벌리고 팬시 팬츠를 보았어요. 이런 상황에서 어떻게 해야 하는지는 아직 배우지 않았거든요.

"죄송한데 무슨 말씀인지? 인간어로 말해주실래요?"

그러자 팬시 팬츠는 눈살을 찌푸리고 말했어요.

"너는 누구고, 왜 뷔페장에서 푸드 파이트를 시작한 거지? 질서 있어야 하는 휴가 중에 말이야!"

렉스는 생각했어요. 지금껏 인간 흉내를 내면서 살아왔는데 외계인 흉내를 내는 것 정도가 뭐 그렇게 어려울까 하고요.

"사고였어요! 뷔페장에서 인간을 보고 너무 놀라서요. 저는 외계인이고, 우주선에 인간은 들어올 수 없으니까요. 놀라서 음식을 던졌어요. 죄송합니다. 난장판을 만든 것은 제 잘못이에요."

렉스는 떨고 있는 걸 숨기기 위해 두 앞발을 모았어요. 그리고 팬시 팬츠의 눈치를 살폈죠. 하지만 팬시 팬

츠는 아직 의심스러운지 한쪽 눈썹을 들어 올렸어요.

"저는 과자를 좋아하는 평범한 외계인이에요."

렉스가 뷔페에서 가져온 촉수 과자를 들어 올렸어요.

몇몇 외계인이 고개를 끄덕였죠.

팬시 팬츠가 촉수 팔로 팔짱을 꼈어요.

"그런데 왜 외계어는 못 하고 인간어만 하는 거지?"

"저는 다른 행성 출신이거든요. 제 출신 행성은……."

렉스는 혀를 내밀고 잠시 고민하다가 대충 둘러댔죠.

"슈퍼 울트라 선사 치즈뺑이에요."

"그런 덴 가본 적 없어." 팬시 팬츠가 말했어요.

"아, 저희 행성은 아주 먼 옛날……. 아니 먼 우주에 있어요. 언어도 여기랑 달라요. 저희 행성 언어로 제 이름은 '으르르르르렁'이에요!"

렉스가 요란하게 으르렁거렸어요. 위치 선택이 영 좋지 않았던 경비대원의 얼굴에 침이 한 바가지 튀었죠.

"인간어로 번역하면 '과자 좋아'예요!"

렉스는 인간인 척하는 외계인인 척하는 인간인 척하는 공룡인 척하는 건 너무 쉽다고 생각했어요.

으르렁!

"그래, 과자 좋아. 너는 어쩌다 우리 우주선에 타게 된 거지?"

"실수로 지구에 왔는데, 얼었다가 다시 녹았더니 이 도시였어요."

"우주는 추워." 팬시 팬츠가 말했어요.

"그래서 지금은 잠시 인간으로 변장하고 살고 있어요. 하지만 외계인 여행객들이 우리 동네에 온 걸 발견했죠. 그래서 무리에 섞여 따라 들어온 거예요."

팬시 팬츠가 침착하게 고개를 끄덕였어요.

"살아남기 위해 대단한 일을 해 왔구나, 과자 좋아. 인간 침입자를 보고 샌드위치를 던진 건 당연해. 인간은 정신 사납고 예측 불가능한 존재니까."

렉스는 열심히 고개를 끄덕였어요.

그때, 외계인들 사이에서 웅성거리는 소리가 들렸어요. 그러더니 관리인 같은 모습의 외계인이 다가와서 렉스를 찬찬히 살펴보았어요. 그러고는 팬시 팬츠에게 말했어요.

"친애하는 지도자 각하. 이 자가 인간어를 잘하면서도 생김새가 이상한 것은 외계인이라서가 아니라 공룡이라는 고대 지구 생물이기 때문은 아닐까요?"

팬시 팬츠는 눈을 찌푸렸어요.

"바보 같은 소리 마라. 공룡은 존재하지 않아. 인간 아이들을 겁주려고 만들어 낸 이야기일 뿐이지."

"맞습니다. 우리는 존재했던 적이 없어요. 그리고 저는 외계인이에요. 제 촉수를 보세요."

렉스는 돌아서서 꼬리를 흔들었어요.

팬시 팬츠는 눈을 가늘게 뜨고 렉스를 보았어요.

"뾰족한 이빨, 강렬한 색깔, 한 개뿐인 촉수. 그리고 입은 옷을 봐! 이런 지구인이 어디 있어? 과자 좋아는 외계인이 분명하니 이 얘기는 여기서 끝내지."

렉스는 자신이 가진 인간 옷 중에 꽤 좋은 옷을 입고 있었지만, 지금은 그냥 입을 다물기로 했어요.

팬시 팬츠가 말을 이었어요.

"관광객들을 각자의 행성으로 돌려보낸 뒤 너도 네

124

행성에 데려다주마. 그때까지 너는 네가 더럽힌 뷔페장을 청소해라."

팬시 팬츠가 촉수를 튕기자 경비대원 한 명이 렉스에게 양동이와 대걸레를 주었어요.

"이제 모두 나가! 린다에게 복수하지 못한 채 이대로 돌아가기는 싫지만 휴가는 끝났어. 조종실에 가서 돌아가는 경로를 설정해야겠다." 팬시 팬츠가 촉수를 흔들며 명령했어요.

두 경비대원은 렉스의 팔을 잡고 문밖으로 밀었어요. 문이 스르륵 닫히자 렉스 옆에 양동이와 대걸레만이 남았죠. 렉스는 복도를 걸어갔어요. 청소하러 가는 건 아니었어요. 바로 친구들을 구하러 가는 거예요.

13장
은하 청소부

    친구들이 우주선 어디에 갇혔는지 모르는 렉스는 일단 수색을 시작하기로 했어요. 그래서 문이 보이는 족족 노크를 했죠. 하지만 어디에도 샌드라, 아니시, 빅풋, 기니피그의 흔적은 없었어요. 이제 어떻게 하나 생각이 들 때쯤, 아주 깊고 텅 빈 수영장 같은 게 있는 방을 발견했어요. "꾸잉꾸잉!" 하는 익숙한 소리도 수영장 밑에서 올라왔죠.

"한 가지 방법이 더 있어……."

샌드라 목소리 같았어요.

"외계인에게 일대일 결투를 신청하자는 계획은 아니지?"

이 목소리는 아니시 같았어요.

"맞아, 하지만……."

렉스는 바닥에 엎드려서 수영장 가장자리 위로 고개를 내밀었어요.

"얘들아!"

렉스가 수영장 바닥을 향해 손을 흔들었어요.

샌드라가 벌떡 일어섰어요.

"아저씨, 왔군요! 어떻게 된 거예요?"

"나는 아직 변장 중이야! 여기 외계인들은 내가 조금 이상한 외계인이라고 생각해. 팬시 팬츠가 나한테 청소하라고 해서 일꾼으로 위장하고 있어."

"잘했어요, 아저씨! 변장의 달인이 됐네요!" 아니시가

128

소리쳤어요.

"아니시, 네가 진짜 영웅이야! 농장에서 혼자 기디피 그들을 구하려고 했잖아." 렉스가 소리쳤어요.

"고마워요. 저한테는 기니피그가 아주 소중하니까요. 하지만 아직 완전히 구하지는 못했어요. 모두 여기 함께 갇혀 있거든요."

아니시는 옆에 앉아 있는 빅풋을 가리켰어요. 빅풋은 수백 마리의 기니피그에 둘러싸여 있었죠.

"잠깐, 그게 네 기프티피그니?" 렉스가 아니시의 어깨 에 앉은 무언가를 가리키며 물었어요.

"네, 퍼즐워즐루를 찾았어요! 그리고 다른 사람들의 기니피그들도요." 아니시가 퍼즐워즐루를 꼭 끌어안으며 말했어요.

빅풋은 일어서서 자기 털을 물어뜯는 기니피그를 내려다보았어요.

"다시 만나서 기뻐, 렉스. 하지만 지금은 눈물의 상봉을 할 시간이 없어. 얼른 여기서 나갈 방법을 찾아야 해. 기니피그들이 배가 고픈 것 같아."

"쉽지 않을 거야, 빅풋. 샌드라한테 린다 이야기 들었어? 사전하고 외계인 의회 이야기도?" 렉스가 말했어요.

빅풋과 아니시가 고개를 끄덕였어요.

"린다가 왜 사전을 돌려주면 외계인들이 모두를 풀어줄 거라고 했는지 모르겠어. 팬시 팬츠는 화가 잔뜩 난 것 같아." 렉스가 말했어요.

"린다가 거짓말했나 봐요. 외계인들이 자기를 찾는다는 걸 알고 있으니까, 사전을 돌려주면 자유를 얻을 수 있을 거라고 생각한 거예요." 아니시가 말했어요.

"아니면 이런 일이 일어날 걸 알았지만, 자기가 당할 일이 아니니까 신경 쓰지 않은 거죠. 어쩐지, 처음부터 믿음이 안 갔어요! 정말 간단한 일인 것처럼 말하더니." 샌드라가 말했어요.

"어쨌건 이 기니피그들을 집에 돌려보내야 해요. 샌드라, 렉스 아저씨한테 네 계획을 알려줘."

샌드라가 턱을 문질렀어요.

"흠……. 아직 자세한 계획까지 세우지는 않았지만, 일단 빅풋 아저씨 어깨에 올라타고 여기를 나간 뒤에 제가 팬시 팬츠하고 일대일 결투를 해서 이기면 우리가 이 우주선을 차지할 수 있어요!"

렉스는 샌드라의 계획이 흥미로웠어요. 하지만 아니시는 납득할 수 없다는 표정이었어요.

"수영장이 너무 깊어서 서로의 어깨에 쭉 올라선다고 해도 꼭대기에 안 닿아. 그리고 만에 하나 닿는다고 해도 마지막에 빅풋 아저씨는 어떻게 꺼내?"

아니시가 질문을 던지더니 다시 말을 이었어요.

"그리고 일대일 결투는 안 하는 게 좋을 것 같아. 우리 엄마가 알면 크게 화낼 거야. 그리고 우리는 우주선 조종법도 모르잖아."

"자동차하고 별로 다르지 않을 거야." 샌드라가 말했어요.

"우리는 자동차 운전도 못 하는걸." 아니시가 말했어요.

"중요한 건 우리가 ❖♣♣♧♪☺ 행성에 가지 않고 지구로 돌아가야 한다는 거야. 안 그러면 문제가 심각해져." 빅풋이 말했어요.

"아저씨 외계어 발음 진짜 좋네요." 아니시가 빅풋에게 말했어요.

"고마워. 그동안 연습 좀 했어. 렉스, 네가 우리를 꺼내줄 수 있니?"

빅풋은 수영장 가장자리로 갔어요. 곧이어 샌드라와 아니시가 빅풋의 털북숭이 어깨에 올라섰고, 렉스는 짧은 팔을 아래로 뻗었어요. 하지만 아무리 팔을 쭉 뻗어도 손이 닿지 않았어요. 렉스는 고개를 떨구었고 두 아이와 빅풋은 쓰러져 내렸어요.

"걱정 마요, 렉스 아저씨. 탈출 방법은 찾을 수 있을 거예요. 어려운 건 우주선을 지구로 되돌리는 거죠. 아저씨는 우주선 조종할 줄 알아요?" 샌드라가 말했어요.

그 순간, 렉스의 머리에 불이 반짝 들어왔어요.

"할 수 있을 것 같아! 팬시 팬츠가 조롱실인가 하는 데서 돌아가는 경로를 설정한다고 말했거든!"

렉스는 벌떡 일어나서 밖으로 나가려고 했어요.

"렉스? 네 말 확실해?" 빅풋이 소리쳤어요.

아니시의 다급한 목소리도 들려왔어요.

"잠깐만요! 일단 퍼즐워즐루라도 구해주세요! 얘가 이렇게 오래 굶은 건 처음이에요. 던져 올릴 테니 받아주세요."

아니시는 심호흡을 하고 정성을 다해서 퍼즐워즐루를 렉스에게 던져 올렸어요. 렉스는 퍼즐워즐루한테 물릴까 봐 긴장했지만, 퍼즐워즐루는 어리둥절한 듯 "끼이" 소리만 조그맣게 내고 렉스의 어깨에 납작 붙었어요. 렉스는 조심조심 퍼즐워즐루를 쓰다듬었어요.

"다들 걱정하지 마. 내게 계획이 있으니까."

렉스는 퍼즐워즐루를 조심스레 양동이에 넣고 밖으로 나갔어요.

"렉스가 우리를 구해줄 유일한 희망일까?" 빅풋이 샌드라에게 물었어요.

"제가 일대일 결투를 하는 방법도 있어요." 샌드라가 말했어요.

빅풋은 얼굴을 두 손에 묻었어요.

"아, 이런."

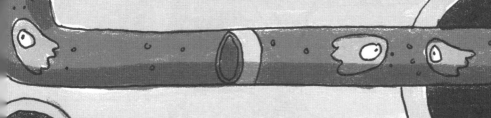

14장
우주선 조종사

우주선 복도로 돌아온 렉스는 조종실로 가야 한다는 건 알았지만 그게 정확히 어디에 있는지는 몰랐어요. 다행히 렉스를 그들과 같은 외계인으로 알고 있는 외계인들은 렉스를 친절하게 도와주었어요.

렉스는 조종실 문 앞에 도착해서 양동이를 얼굴 앞에 들고 그 안에 대고 속삭였어요.

"네 양동이 변장은 훌륭해, 퍼즐워즐루. 이제 우주선을 지구로 돌리기만 하면 돼. 그렇게 어렵지 않을 거야."

퍼즐워즐루가 대답했어요.

"꾸잉꾸잉!"

"좋아, 가자."

렉스가 버튼을 누르자 스르륵 문이 열렸어요.

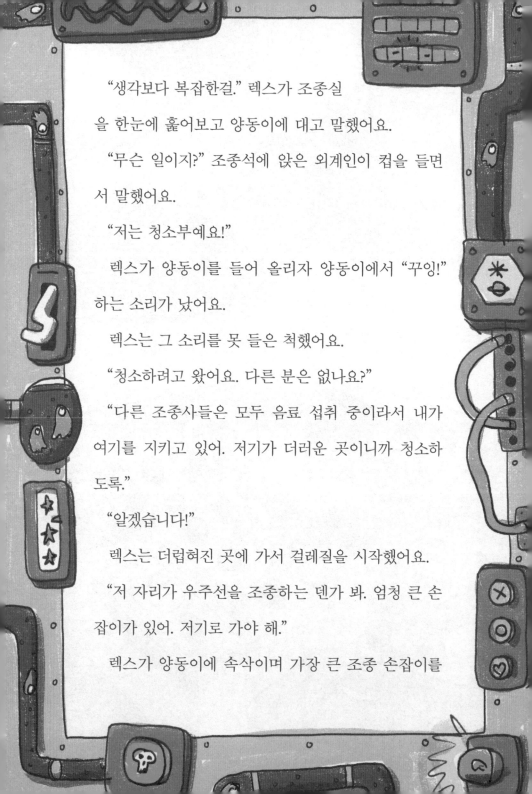

"생각보다 복잡한걸." 렉스가 조종실

을 한눈에 훑어보고 양동이에 대고 말했어요.

"무슨 일이지?" 조종석에 앉은 외계인이 컵을 들면

서 말했어요.

"저는 청소부예요!"

렉스가 양동이를 들어 올리자 양동이에서 "꾸잉!"

하는 소리가 났어요.

렉스는 그 소리를 못 들은 척했어요.

"청소하려고 왔어요. 다른 분은 없나요?"

"다른 조종사들은 모두 음료 섭취 중이라서 내가

여기를 지키고 있어. 저기가 더러운 곳이니까 청소하

도록."

"알겠습니다!"

렉스는 더럽혀진 곳에 가서 걸레질을 시작했어요.

"저 자리가 우주선을 조종하는 덴가 봐. 엄청 큰 손

잡이가 있어. 저기로 가야 해."

렉스가 양동이에 속삭이며 가장 큰 조종 손잡이를

가리켰어요.

렉스는 슬금슬금 조종 장치들 쪽으로 다가갔어요. 그런데 가장 큰 조종 손잡이에 거의 도착한 순간, 외계인이 불쑥 끼어들었어요.

"거기는 깨끗한데! 더러운 데만 치우고 나가!" 외계인이 짜증 난 말투로 말했어요.

"아, 죄송합니다! 여기도 청소할까 했는데."

렉스는 까치발을 한 채 살금살금 양동이로 돌아왔어요. 그리고 외계인이 다른 곳을 볼 때, 양동이 안에 대고 속삭였어요.

"내가 조종 손잡이 근처에 또 다가가면 외계인이 눈치챌 거야. 하지만 퍼즐워즐루, 네가 가면 알아차리지 못할 거야! 너는 작잖아. 네가 우주선을 조종할 수 있겠니?"

"꾸잉!"

퍼즐워즐루는 양동이 속에서 렉스를 올려다보고 말했어요.

"그렇다는 말 같구나." 렉스가 말했어요.

렉스는 살그머니 기니피그를 꺼내서 바닥에 내려놓았
어요. 하지만 퍼즐워즐루는 눈이 동그래져서 양동이 뒤
에 숨었어요.

"좋아, 약간의 미끼가 필요한 것 같네."

렉스가 주머니를 뒤지자 모서리가 닳은 치즈뻥 과자
세 개가 나왔어요. 렉스가 치즈뻥을 들어 보이자 퍼즐
워즐루의 코가 꿈틀거렸어요.

"이걸 먹고 싶으면 저리로 움직여."

렉스는 치즈뻥을 던졌고, 치즈뻥은 큰 조종 손잡이 너
머에 떨어졌어요.

먹이를 본 퍼즐워즐루는 완전히 달라졌어요. 쏜살같
이 달려서 조종대 위로 올라간 뒤, 치즈뻥을 향해 돌진
했죠.

하지만 안타깝게도
큰 조종 손잡이에 몸
이 끼이고 말았어요.

퍼즐워즐루, 조종 실력이
이거밖에 안 돼?

도 버거

그 동안 지구에는 차츰 어둠이 내려앉았어요. 네시
는 지느러미발로 부지런히 도도 버거 가게에 가
고 있었죠. 가게에 도착한 네시는 문을 벌컥 열고 들어
가서 탕 하고 닫았어요.

"네시, 방금 영업 종료했⋯⋯."

"햄버거 사러 온 거 아니야, 도도. 우리 큰일 났어. 대
비하고 있어야 해!"

네시의 말에 도도가 창가로 가서 밖을 내다보았어요.
눈살을 찌푸리게 만드는 광경이 눈앞에 펼쳐졌죠.

"뭐? 괴추시연?" 도도가 말했어요.

"맞아. 이름이 그렇대. 하지만 이름이 문제가 아니야.

저 혐오주의자들이 스포츠 센터에서부터 나를 쫓아왔

고, 우리를 공격하려고 하는 것 같다는 거지." 네시가 말했어요.

"이런 날이 올 줄 알았어!"

도도가 테이블에서 뛰어내렸어요.

"인간들은 우리 조상을 몽땅 잡아먹더니, 이제 나까지 잡아먹으러 왔어! 맛있는 음식을 잔뜩 만들어주면 가만히 둘 줄 알았는데, 역시 인간들이란 어쩔 수 없네. 하지만 나도 가만히 당하고만 있지는 않을 거야!"

도도는 대문 앞에 금속 셔터를 내리고 두꺼운 자물쇠를 채웠어요.

군중의 외침 소리가 들렸어요.

"공룡을 없애자! 빅풋을 물리치자! 도도를 몰아내자! 네시를 금지하자! 기니피그를 살리자! 우리 도시를 괴물로부터 지키자!"

"우리를 너무 싫어하는 것 같아." 네시가 말했어요.

탕탕탕! 누가 문을 두드렸어요.

"당장 밖으로 나와!"

보먼트 씨였어요.

도도가 문으로 가서 쪽문을 살짝 열고 소리쳤어요.

"문 닫았어요!"

"괴물추방 시민연대의 대표로서……."

보먼트 씨가 말하자 뒤에서 누가 외쳤어요.

"우리는 당신을 선출하지 않았어요!"

하지만 보먼트 씨는 못 들은 척했어요.

"…… 밖으로 나올 것을 요구한다. 우리는 너희를 적절한 관계 당국에 넘길 것이다."

"바로 동물원이지!" 매디가 자기 아빠 다리 뒤에 숨어서 말했어요.

"우리가 왜 밖으로 나가서 잡혀가야 하는데?" 네시가 쪽문에 대고 소리쳤어요.

"너희는 우리 지역 사회의 위험 요소니까!" 보먼트 씨가 플래카드를 흔들며 말했어요.

"난 햄버거 사업을 하고 있을 뿐이야! 괴추시연인지 뭔지 저리 가. 안 그러면 케첩 뿌릴 거야!" 도도가 소리쳤어요.

하지만 보먼트 씨는 케첩 따위는 무섭지 않은 것 같았어요.

"네 공룡 친구는 우리의 반려동물을 잡아먹었고, 그 행동은 용서받을 수 없어. 너희 같은 괴물이 우리 인간들 주변에 사는 건 위험해. 특히 우리 같은 부자 동네에 말이야!"

"변호사를 부르겠어!" 도도가 소리쳤어요.

"렉스는 당신네들 털복숭이 반려동물 같은 건 먹지 않았어. 증거도 없잖아. 그런 일이 없었으니까." 네시가 말했어요.

보먼트 씨가 가슴을 부풀렸어요.

"증거가 없다고? 매디, 내 귀여운 딸아, 네가 본 걸 말해주렴."

매디가 앞으로 나와서 말했어요.

"내가 봤어! 공룡이 기니피그들을 치즈뻥처럼 하나씩

먹었어."

"새빨간 거짓말로 선동하지 마! 여러분, 이런 헛소리를 믿나요?" 네시가 소리쳤어요.

그때, 매디 옆으로 샌드라의 엄마 아빠가 세쌍둥이 유모차를 끌고 나타나서 가게 문 앞까지 밀고 들어왔어요. 아니시의 엄마도 함께였어요.

"네시? 도도? 혹시 샌드라하고 아니시 봤나요?" 샌드라의 엄마가 쪽문 안에 대고 물었어요.

"빅풋이 돌봐주고 있었는데, 일 마치고 아니시를 찾으러 갔더니 집에 아무도 없어요." 아니시의 엄마가 말했어요.

"저도 싸고 맛있는 우리 식당에 돌아온 뒤로 그 둘을 본 적이 없어요." 도도가 대답했어요.

"들었죠? 이 괴물들이 이제 아이들을 잡아가고 있어요! 샌드라하고 아니시도 잡아먹은 게 분명해요. 샌드라는 내 단짝이었는데 말이에요!" 매디가 소리쳤어요.

"글쎄, 우리 생각은 다른데……."

샌드라의 아빠가 말했지만 매디는 용케 가짜 눈물까지 흘렸어요. 매디의 친구인 해나 밀러와 해나 파커가 앞으로 달려 나와서 매디를 달랬어요.

보먼트 씨가 미끼를 물었어요.

"아이들까지 잡아먹다니 더는 못 참아! 당장 밖으로 나오지 않으면 문을 부수고 들어가겠다, 이 괴물들아!"

가게 안에서 도도가 네시를 바라보았어요.

"자물쇠를 더 달아야겠는데."

네시는 한숨을 푹 쉬었어요. 그런데 쪽문 밖으로 무언가 보였어요.

"잠깐만! 하늘에 저게 뭐지? 이쪽으로 오는데?"

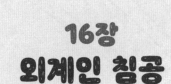

16장
외계인 침공

렉스가 조종실 비상 탈출 뚜껑을 열고 나오더니 우
주선 옆면을 스르륵 미끄러져 내려왔어요. 손에
양동이를 든 채로요.

렉스는 도도 버거 앞에 모인 사람들을 발견했어요.

"갑자기 착륙해서 미안해요. 퍼즐워즐루는 우주선 조
종을 못 하는 것 같네요."

기니피그가 양동이 밖으로 고개를 내밀고 "꾸잉!" 하
고 울었어요.

보먼트 씨가 돌아서서 추락한 우주선을 보았어요. 머
릿속에 전기 합선이라도 일어난 것 같은 표정이었죠.

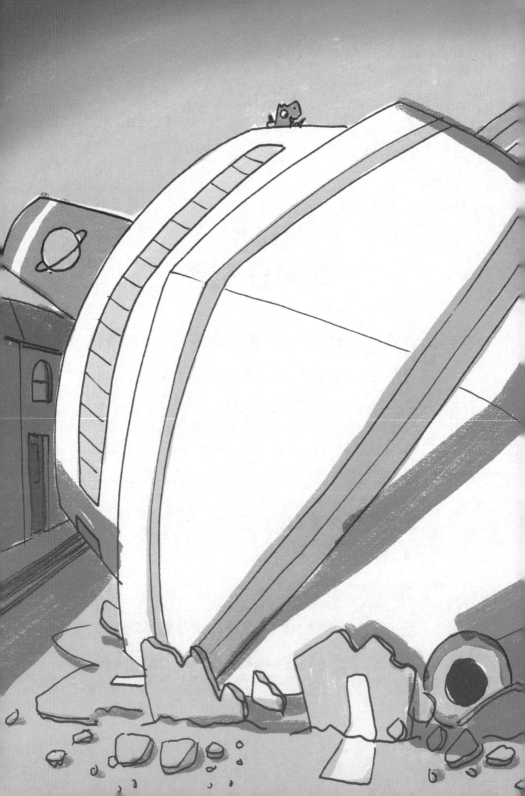

"이…… 이런 거 조종할 면허는 있는 거
야? 그리고 여기는 주차 금지 구역……."

하지만 말이 끝나기도 전에 훨씬 더 큰 뚜껑이 열리고 외계인들이 쏟아져 나왔죠.

"설인과 기니피그 먼저 지나갈게요!"

샌드라가 소리치면서 아니시, 빅풋과 함께 뚜껑 밖으로 나왔고, 뒤이어 기니피그들이 우르르 나왔어요.

렉스가 까치발을 하고 샌드라에게 손을 흔들었어요.

"너희 어떻게 탈출했어?"

"우주선이 옆으로 쓰러져서 수영장 밖으로 나올 수 있었어요."

샌드라가 뒤집힌 우주선을 가리키며 소리쳤어요.

"퍼즐워즐루는 무사해요?" 아니시가 외쳤어요.

렉스가 양동이를 들어 올리고 다른 앞발로 양동이 안을 가리켰어요. 아이들과 부모님은 각자 잃어버렸던 기니피그를 찾아 달려갔어요. 상황이 보먼트 씨에게 좋지 않게 돌아가고 있었죠.

"괴추시연 여러분, 진정하세요. 괴물들이 기니피그를 잡아먹지는 않았을지 몰라도 도로를 파괴하고 이 모든 외계인을 데려온 것은 사실입니다!" 보먼트 씨가 외계인들을 가리키며 소리쳤어요.

"걱정하지 마세요!" 렉스가 우주선을 타고 내려오면서 줄지어 선 외계인 관광객들을 가리키며 외쳤어요.

그때 뒤에서 요란한 소리가 났어요. 렉스가 뒤를 돌아
보니 팬시 팬츠와 그 부하들이 우주선 밖으로 나오고
있었어요.

"저건 문제가 될지도 모르겠네요." 렉스가 말했어요.

팬시 팬츠가 경비대에 큰 소리로 명령했어요. 그러자 경비대원들이 아이들과 부모님, 기니피그들을 둘러쌌어요.

"이건 침공이에요! 매디, 당장 아빠 뒤로 피해라!"

보먼트 씨가 매디를 등 뒤로 숨겼어요. 하지만 샌드라의 부모님이 보먼트 씨를 밀치고 샌드라에게 달려갔죠.

"샌드라! 설마 네가 외계인 침공을 일으킨 건 아니겠지?" 엄마가 말했어요.

"음, 일부러 그런 건 아니에요." 샌드라가 남동생들에게 인사하려고 고개를 숙이고 말했어요.

"지구인들! 내 우주선을 뒤집다니! 이건 우리에 대한 선전 포고이며, 우주의 평화를 어지럽히는 행위다! 나는 참을 만큼 참았다. 린다가 숨은 곳을 알려주지 않으면, 이 행성을 빼앗아버릴 테다." 팬시 팬츠의 목소리가 울려 퍼졌어요.

사람들이 웅성거렸어요.

"린다가 누구예요?"

"미용실 사장님 린다요?"

"아니요, 그분은 지금 포르투갈로 휴가 갔어요."

샌드라가 렉스에게 다가갔어요.

"팬시 팬츠한테 시장이 린다라는 걸 알려주고 끝내는 게 어때요?"

렉스가 깜짝 놀라서 샌드라를 바라보았어요.

"나처럼 변장하고 사는 동료의 정체를 밝힐 수는 없어! 그건 매디하고 똑같은 짓이야."

"린다는 우주선에 가면 어떻게 되는지 우리한테 거짓말했어요. 그리고 시장으로 변장하고 살면서 자기 잇속만 챙겼다고요. 사람들 앞에서 으스대고 리무진을 타는 것들 말이에요."

렉스는 이마를 찌푸렸어요.

"맞아, 린다가 훌륭하지 않은 건 사실이야. 하지만 여기 지구에서 인간처럼 살려고 애쓰고 있잖아. 나, 빅풋, 네시, 도도처럼 말이야. 린다를 팬시 팬츠한테 넘겨주고 싶지 않아. 린다는 우리 편이야."

"외계인들은 그렇게 생각하지 않는 것 같은데요."

샌드라가 주위를 둘러싼 외계인들을 가리켰어요.

17장
일대일 대결

샌드라가 렉스 말대로 해야 하나 생각하고 있는 와중에 크고 검은 차들이 모퉁이를 돌아 나타났어요. 그러더니 지미 프리그로 변장한 린다가 차에서 튀어나왔고 비밀 요원들도 그 뒤를 따라 내렸어요.

"도도 버거 앞에 괴추시연이 모였다고 들었는데 이게 도대체 무슨 소리……."

그 순간 린다의 눈에 도로에 쓰러진 우주선과 수많은 외계인들이 들어왔어요.

"아니, 렉스! 샌드라! 사전을 돌려주라고 했지, 누가 행성 간의 분쟁을 일으키라고 했어? 이제 내가 너희가 일으킨 문제를 해결해야겠군."

린다가 두 팔을 들고 걸어갔어요. 그리고 팬시 팬츠

앞에 멈춰 서서 말했어요.

"안녕, ◆ ┼◪┼▽ 린다! ◪┼◆ ┳┳ ┳◐ ◆◐▽ ☎ ◆✳?"

그러자 팬시 팬츠가 으르렁대며 촉수를 공중에 흔들었어요.

'팬시 팬츠는 그 점액 어쩌고 하는 말에 아직도 분이 안 풀린 거야.' 샌드라는 생각했어요.

린다가 계속 말했어요.

"◐ ☺♪✖┼ ┳┳◐'▽☎┳┳ ◆◐▽☎지구. ◆'✳ ┳┳ ✳◆◐▽☎┳/시장 ☺♪✖┼◌◪ ◐▽ 재미 ┳ ◐ ◆◐▽☎ 리무진, 아이스라테, 불!"

사람들은 입을 다물고 시장이 거대한 촉수 외계인과 대화하는 모습을 지켜보았어요.

"둘이 무슨 얘기 하는 거 같아?" 렉스가 샌드라에게 속삭였어요.

"잘 모르겠지만 린다가 팬시 팬츠한테 자기가 지구에 계속 살아야만 하는 이유를 설명하는 것 같아요."

팬시 팬츠가 나직이 웃고 말했어요.

"안녕, ✳◆◐▽ ☺♪✖✚◯▨ ▽☎〒〒◯. ☎〒 ◆ 〒〒◆ ▽☎〒〒◯ ✖✚◯ ▨〒 ☺♪✖✚◯▨."

그 말에 린다는 도도 버거 가게와 그 옆의 잡화점을 가리키며 인간어로 소리쳤어요.

"나는 인간 사회를 파괴한 적이 없어, 봐! 이곳은 낙원이야! 나는 시민들에게 역사상 최고의 인간 시장이고, 인간 탄환도 아직 공개하지 않았어! 팬시 팬츠, 넌 어렸을 때부터 내 장난감을 모두 빼앗아 가더니, 이제는 기분이 나쁘다는 이유만으로 내 도시를 빼앗겠다고? 네가 기니피그가 뭔지도 모르는 건 내 잘못이 아니고, 네 인간어 실력은 완전히 바보 멍청이……

"천치 같아!"

팬시 팬츠는 얼굴이 살짝 빨개졌어요.

"네 인간어 실력은 훔쳐 간 사전 덕분이잖아!"

팬시 팬츠가 사람들을 돌아보았어요.

"지구인 여러분! 지미 프리그는 범죄자이기 때문에 여러분의 시장이 될 자격이 없습니다! 은하 의회 의장인 나야말로 이 행성을 지배할 권한이 있습니다. 제 지배를 받지 않을 유일한 방법은 여러분 중 누군가가 저와의 일대일 대결에서 승리해 은하 의회의 의장이 되는 방법뿐입니다. 대결에서 진다면 내일 우리의 뷔페상에 올라가게 되겠지만요."

팬시 팬츠가 린다에게 다시 돌아서서 사악한 미소를 지었어요.

"내가 인간어는 조금 부족할지 몰라도 일대일 대결은 단연 최고야."

샌드라가 입을 딱 벌리고 아니시를 보았어요.

"내가 일대일 대결을 해야 한다고 말했잖아! 역시 그게 제일 좋은 계획이었어."

"그건 아니야." 아니시가 말했어요.

린다는 어쩔 줄 모르는 표정으로 주변을 둘러보았어요. 팬시 팬츠는 몸을 쭉 펴서 몸집을 더 크게 하고 린다를 내려다보았죠.

"인간 변장을 한 상태로는 나를 이길 수 없어. 변장을 벗어!"

사람들은 어리둥절한 얼굴로 서로를 바라보았지만, 외계인들은 둥글게 모여서 구호를 외쳤어요.

"☺♪✖✚◌! ☺♪✖✚◌! ☺♪✖✚◌!"

린다는 변장을 벗으려고 목덜미에 손을 올렸어요.

샌드라가 렉스의 팔을 잡았어요.

"린다가 변장을 벗으면 다시는 지미 프리그로 살지
못해요."

렉스도 샌드라의 팔을 꽉 잡았어요. 그리고 팬시 팬
츠 앞으로 걸어갔어요.

"일대일 대결은 내가 하겠어! 기억하지? 나도 외계인
인 거? 내 촉수를 봐!"

렉스가 허리를 굽히고 꼬리를 흔들었어요.

"렉스! 너 괜찮겠어?"

빅풋이 렉스를 향해 움직였지만, 외계인 경비대 두 명이 가로막았어요.

렉스는 선사시대 이후 싸움을 해본 적이 없었고, 선사시대에도 벨로시랩터하고만 싸워봤어요. 하지만 린다는 팬시 팬츠한테 상대도 되지 않을 것 같았어요.

린다는 렉스에게 달려가서 등을 토닥였어요.

"고마워, 공룡 친구. 여긴 자네에게 맡겨도 될 것 같군. 나는…… 저기 옆에 가서 지켜보겠어."

하지만 리무진으로 돌아가려던 린다는 경비대에게 가로막혔어요.

팬시 팬츠가 렉스에게 시선을 돌렸어요.

"과자 좋아! 나와 대결하겠다고? 좋아, 내가 박살 내주지. 덤벼라!"

난 이걸로 싸우겠어!

18장
우주의 지배자

팬시 팬츠는 촉수를 공중으로 들어 올리고 "워웁 워웁 워웁" 하는 소리를 냈어요. 외계인들도 똑같은 소리를 내기 시작했죠. 그 자리에 있던 부모님 몇 명도 따라 소리를 냈어요. 렉스는 누가 누구 편인지 몰라 어리둥절했죠. 팬시 팬츠는 이어서 촉수로 땅을 내리치고 싸움 준비 자세 같은 자세를 취했어요.

렉스는 돌아서서 양동이를 높이 들어 올렸어요. 그리고 으르렁하고 우렁차게 외치며 싸움을 준비했지만, 팬시 팬츠의 기습 공격이 닥쳤어요.

아니시가 팬시 팬츠에게 달려가서 조심스럽게 퍼즐워즐루에게 다가갔어요. 그리고 주머니에서 치즈뻥을 꺼냈어요. 퍼즐워즐루는 코를 움찔움찔하더니 팬시 팬츠의 코를 놓고 아니시의 품으로 떨어졌어요.

렉스는 어리벙벙해서 주변을 둘러보았어요.

"그러면 내가 이긴 거야?"

샌드라가 달려왔어요.

"아뇨! 퍼즐워즐루가 이겼어요! 은하 의회의 새 의장에게 모두 인사!"

팬시 팬츠를 포함한 외계인들이 모두 촉수를 땅바닥에 내리고 퍼즐워즐루에게 절했어요.

"명령을 내리시지요. 위대하신 지도자 각하." 머치페이퍼 의원이 다가와서 인사하고 말했어요.

지미 프리그를 영접하라!

"꾸잉!" 퍼즐워즐루가 말했어요.

"내가 통역해 주겠어!"

변장을 벗지 않은 린다가 재빨리 끼어들었어요.

"은하 의회의 위대한 지도자 퍼즐워즐루 각하께서

나의 지구 체류를 허락하라고 하신다. 내가 이 도시 최고의 시장이라고도 하셨다."

아니시가 눈을 찌푸리고 린다를 쿡 찔렀어요.

"또 다른 말씀은 없으셨나요?"

"아참, 그렇지! 납치한 기니피그와 인간을 전부 풀어 주고 돌아가라고 하신다. 지구에서 너무 큰 소란을 피웠고 지금은 너희가 필요 없다고 하시는구나. 퍼즐워즐루 각하의 말씀이다."

린다는 마지막까지 퍼즐워즐루의 말을 통역하는 척하고 외계인들에게 손을 흔들었어요.

"모두 안녕, 잘 가!"

"위대하신 지도자 각하의 말씀을 따르겠습니다."

팬시 팬츠는 퍼즐워즐루에게 인사하고 우주선으로 돌아갔고, 다른 외계인들이 그 뒤를 따라갔어요.

부모님들이 말없이 서로를 바라보았어요. 침묵을 깬 것은 보먼트 씨였어요.

"시장님! 일이 잘 끝나서 다행입니다만, 저 위험한 공룡은 어떻게 할 겁니까? 인간으로 변장한 저 위험한 생명체가 이 도시를 활보하게 둘 수는 없습니다!"

린다가 보먼트 씨를 향해 돌아섰어요.

"땅쟁이 아저씨, 지금 이 공룡이 외계인 침공을 막아 준 거 못 봤나요! 여기 누구, 외계인의 지배를 받고 싶은 사람 있습니까?"

린다는 렉스에게 윙크를 했어요.

"그런 일이 일어나서는 절대 안 되겠죠! 렉스와 그의 변장 기술, 그의 기니피그 친구 덕분에 당신이 외계인 밥이 안 된 거예요."

린다가 렉스를 일으켜 세웠어요.

"저는 렉스의 바보 같을 정도로 용기 있는 행동에 열쇠를 상으로 주려고 합니다!"

린다가 주머니에서 열쇠를 꺼내 렉스에게 건넸어요.

"모두 박수 부탁합니다!"

모여선 부모님들이 박수를 쳤고, 그중에는 환호하는 사람들도 있었어요.

"자동차 열쇠야?" 렉스가 물었어요.

"맞아. 내 리무진 자동차 열쇠니까 이따가 돌려줘." 린다가 속삭였어요.

이번 일에 화가 난 어른은 보먼트 씨뿐이었어요. 보먼트 씨는 얼굴이 새빨개져서 몸을 떨었어요.

"내가 직접 해결해야겠어! 매디, 물러서!"

보먼트 씨는 괴추시연 회원이 들고 있던 플래카드를 잡아채서 파리채처럼 휘두르며 렉스에게 달려들었어요. 그런데 렉스가 반응할 겨를도 없이 아니시의 품에 안겨 있던 퍼즐워즐루가 보먼트 씨에게 뛰어올랐어요.

보먼트 씨는 퍼즐워즐루에게 쫓겨 빙글빙글 뛰어다녔고, 렉스는 그 모습을 보며 웃었어요.

"어쩌면 기니피그는 괜찮은 동물인지도 몰라."

마치는 이야기

외 계인들이 떠나고 며칠 후, 학교를 마치고 집으로
가던 렉스, 샌드라, 아니시를 누군가 붙잡았어요.
그런 뒤 검은 차에 태우고 시장실로 끌고 갔죠. 샌드라
는 너무 짜증이 났어요.

벌써 며칠째 이렇게 시장실에 끌려가고 있었거든요.
결코 유쾌한 일이 아니었죠.

"깜짝선물! 피자 파티야!"

린다가 소리치며 촉수마다 피자 조각을 하나씩 들고
흔들었어요. 페페로니 소시지가 사방에 흩어졌죠.

피자야!

"수다 떨고 싶다고 우리를 납치할 필요는 없잖아요,
린다! 이번 주에만 벌써 두 번째예요." 샌드라가 얼굴이
빨개져서 말했어요.

"아, 모두 안녕!"

렉스는 빅풋, 도도, 네시가 린다의 책상에서 피자를

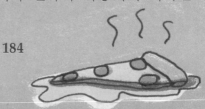

먹고 있는 것을 발견했어요.

"아저씨도 납치돼서 온 거예요?" 샌드라가 물었어요.

"아니. 린다가 단체 채팅방에 메시지를 보냈어."

"단체 채팅방이라는 게 있어?" 렉스가 물었어요.

렉스는 그게 뭔지는 몰랐지만, 자기도 낄 수 있는 건지 궁금했죠.

"응, 하지만 지루해. 빅풋은 맨날 버스 시간표에 대해 투덜거리기만 해. 하품 나……."

린다는 정말로 하품을 하더니 촉수로 렉스, 샌드라, 아니시의 어깨를 감싸서 소파로 데려갔어요.

"기니피그는 잘 지내니, 아니시?" 린다가 물었어요.

아니시는 기운이 반짝 났어요.

"지금 은하 의회 지도자가 되어서 온 우주를 지배하고 있죠. 대부분의 시간은 우리 집에서 저랑 같이 보내지만 때때로 외계인들이 데려가서 ❖✚♣⚑♪☺를 구경시켜 줘요. 퍼즐워즐루는 거기서 인기가 엄청나요. 봐요, 거기서 보내준 사진이에요."

린다가 사진을 보았어요.

"아무리 못해도 팬시 팬츠보다 못할 수는 없지. 내가
피자 파티를 하는 건 그때 내가 덜 솔직했던 것에 대해
사과하기 위해서야."

"맞아요, 우리한테 거짓말했었죠!" 샌드라가 팔짱을
끼고 말했어요.

"날 믿지 말라고 했잖아. 피자 먹고 마음 풀렴!"

린다가 샌드라 앞에 피자 조각을 들이밀었어요.

샌드라가 손을 들어 올렸어요.

"피자 파티가 만능 해결책은 아니에요."

"정말이야?" 렉스와 린다가 동시에 말했어요.

"내가 원하는 건 너희와 친구가 되는 거야! 내가 시장이긴 해도 사실 친구가 없거든. 하지만 너희하고 있으면 내 본모습을 보일 수 있어. 너희가 조금 까칠하기는 하지만."

린다가 샌드라를 보고 얼굴을 찌푸렸고, 샌드라도 린다에게 얼굴을 찌푸렸어요.

"당신이 정말 반성했는지부터 확실히 해야겠어요. 인간 시장인 척하면서 권력을 이용해서 사람들에게 곤란한 일을 시키면 안 되니까요." 샌드라가 말했어요.

렉스는 생각해 보았어요. 그동안 변장에 대해서 많은 생각을 했고, 새로운 아이디어들도 생겼어요. 그래서 렉스는 린다에게 몸을 기울이고 말했어요.

"나는 네가 행복하기만 하다면 네가 시장으로 변장

하고 사는 거 괜찮아."

"행복해. 지미 프리그로 사는 나는 제법 훌륭하거든. 하지만 변장하지 않고 외계인 시장으로 사는 것도 괜찮을 것 같아. 공룡이 체육 선생님을 하고 도도새가 햄버거 가게도 하니까." 린다가 말했어요.

"외계인 시장은 멋있는 것 같아요!" 샌드라도 거들었어요.

"하지만 무슨 일이 있어도 시장은 인간을 돕는 일에 힘을 쏟아야 해. 예를 들어 공원과 병원을 만들고, 치즈뻥 축제 같은 큰 축제를 여는 거 말야! 필요하면 내가 도와줄 수도 있……." 렉스가 말했어요.

"좋아요! 좋은 일을 하는 것 말이에요. 물론 치즈뻥 축제도 좋아요. 렉스 아저씨는 변장 기술로 모두를 구해주

었잖아요. 진짜 영웅이에요. 린다도 할 수 있어요." 샌드
라가 말했어요.

"영웅!"

린다가 일어서서 아련한 눈길로 먼 곳을 바라보았어
요.

"내가 영웅이 되면 인간들이 나를 훨씬 더 사랑할 거
야! 영웅 시장, 지미 프리그! 마음에 드네."

"좋아요. 이제 피자 먹어도 될 것 같아요." 샌드라가
말했어요.

린다는 촉수로 셋을 다시 감싸안고 끌어당겼어요.

"하지만 여기 왔으니 내 작은 부탁 하나 들어줄래?"

"아, 이런……." 샌드라가 말했어요.

"물론이지!" 렉스가 말했어요.

"내 요원들이 우리 도시에 공룡과 설
인이 산다고 보고했을 때, 그 명
단에 너희만 있던 건 아니었어.
너희가 알아봐 주면 좋을 것

같아."

린다가 소파 밑에서 두꺼운 서류철을 꺼내서 렉스의 무릎에 떨어뜨렸어요.

서류철을 넘길수록 렉스는 너무 신이 나서 꼬리에서 이마까지 온몸이 바르르 떨릴 정도였어요. 이 도시에 자신과 같은 생명체들이 더 많다면 그들을 찾아서 돕고 싶었죠.

렉스는 시장실에 모인 친구들을 보고 빙긋 미소를 지었어요. 변장을 하고 살아도 친구는 필요하니까요.

REX 2

Copyright © 2025 Elys Dolan

이 책의 한국어판 저작권은 KCC 에이전시를 통해 저작권자와 독점 계약한 북21에 있습니다.
저작권법에 의해 한국 내에서 보호를 받는 저작물이므로 무단 전재와 무단 복제를 금합니다.